T0065280

Pito y el alcalde, mito

Pito y el alcalde, mito

La verdadera historia del chupacabras

Fredi Calderón Rodríguez

Para realizar pedidos de este libro, contacte con:
Palibrio
1663 Liberty Drive, Suite 200
Bloomington, IN 47403
Gratis desde EE. UU. al 877.407.5847
Gratis desde México al 01.800.288.2243
Gratis desde España al 900.866.949
Desde otro país al +1.812.671.9757
Fax: 01.812.355.1576
ventas@palibrio.com
738716

ÍNDICE

Corta Biografía del Autor

Alfredo Calderón Rodríguez nació en Puerto Rico en el 1947 en la ciudad capital, en el área del viejo San Juan. El mayor de 7 hermanos, casado con Johannes Pugh Sallés, y padres de una excelente hija, Jehieli Calderón Pugh. Pasó sus primeros 30 años de vida en la comunidad de Caparra Terrace, en el área de Puerto Nuevo. A la edad de 28 años, tiene una experiencia personal con Jesús lo cual le lleva a cursar estudios en Teología en el Colegio Bíblico del Caribe, A.D., en la ciudad de Bayamón. Con anterioridad había estudiado una carrera corta en Tecnología de Ingeniería Civil, con base en la Agrimensura. Trabaja por 30 años en una agencia gubernamental de su país y luego regresa al aula universitaria. Cursa estudios adicionales en la Universidad de Puerto Rico, en el recinto de Río Piedras, donde completa 4 años de contabilidad y termina en 4 años adicionales un grado de bachillerato en Antropología Socio Cultural.

Luego de una niñez muy satisfactoria, al entrar en la edad de las preguntas sobre el porqué de la vida, agobiado por no conocer el propósito de su existencia, y desilusionado por creer que la vida solo consistía de las 5 etapas biológicas que son: nacer, desarrollarse, procrearse, envejecer y morir; desarrolla una fuerte dependencia a las bebidas alcohólicas. Atrapado en ambos dilemas, el existencialista, y en el de la dependencia del alcohol del cual hizo su refugio, decidió no rendirse por amor a sus padres, hermanos y a la vida misma. El pensar que vivir no tenía otro propósito que no fuera el solo existir como una mera casualidad, como un producto del azar, le llevó a pensar que la vida era algo demasiado de raro y valioso; no solo etapas biológicas aisladas en el tiempo y el espacio. Por igual también pensó que la vida era toda una oportunidad, pero ¿oportunidad para qué?

Desesperado entonces se lanza en una búsqueda personal y se aísla de todo lo que había escuchado y leído antes, de las ideas de filósofos y formulas religiosas, para buscar su propia y personal experiencia. Ahora bien, esto era también era un gran reto, pues, ¿dónde comenzar? ¿dónde buscar? ¿a quién preguntarle? Por extraño que parezca, la respuesta le pareció simple, ¡en el origen, en el comienzo de todas las cosas! Puesto que de la nada no puede surgir algo, algo siempre ha de haber existido, pero ¿qué?

Tanto uno como individuo, así la humanidad como un todo - al presentir ese algo mucho más grande que uno mismo, una fuente original de la cual ha salido lo existente – nos hemos lanzado a buscar esa "realidad" sin saber lo que es. En el proceso hemos tenido que desarrollar distintas teorías, desde religiosas, filosóficas y científicas, para tratar de conseguir una respuesta que todavía parece, mientras más avanzamos, un poco más allá.

Así, es de esta manera que surge esta oración de un corazón necesitado, el del autor: "Dios, si es verdad que tu existes, si es verdad que tú me amas, si es verdad que tú enviaste a tu Hijo Jesús a salvarme de mi desasosiego, yo quiero que tú me hables, que tú me guíes. Yo no quiero que venga alguien y me diga "Cristo te ama", o que me diga, "mi religión es la que es" o "mis ideas son las que son"; ya yo estoy cansado de eso, no aguanto más". Si tu existes, quiero que seas tú quien me dirija". Entonces, un día, volvió a caer en sus manos la Biblia, en cuyo mensaje reencontró su vida y descubrió su propósito; un día encontró un tesoro de incalculable valor, un tesoro que le fue dado gratuitamente, ¡la fe!

Fue entonces así que comenzó, por así decirlo, este libro del cual se quiere decir que no es un libro sobre religión, es un cuento, solo una fantasía; aunque en sus páginas te encuentres con Dios.

Introducción y Dedicatoria

Haber pasado mucho tiempo, por causa de mi trabajo, en las regiones donde ocurrió este drama saturado entre lo ficticio y lo real, me dio de primera mano conocer el área geográfica y la reacción de la comunidad ante los hechos que ocurrían en su municipio. Estos sucesos, bizarros para muchos, pero creíbles para otros, revelaron de primera mano, el pensar de las gentes.

En un momento dado, durante la década de los 80 en el siglo pasado, prácticamente el misterio del Chupacabras se centró en la municipalidad puertorriqueña de Canóvanas, lugar hasta donde inclusive llegaron a acudir miembros de la prensa japonesa ante el asombro y perplejidad de todos los puertorriqueños. Digo asombro, pues, ¿quién le da tanta importancia a lo que a todas luces eran cuentos de camino, de aquellos que luego pasan al repertorio de las leyendas folclóricas de los pueblos? No obstante, en el imaginario de las gentes, siempre lo ficticio tiene algo de realidad.

Las épicas cacerías que el alcalde del municipio emprendió contra el Chupacabras, le dieron un aura campechana y pueblerina, despertando la simpatía en muchos y las críticas de otros tantos. El asunto es, que este fenómeno se regó como pólvora por todas las regiones cercanas en Latinoamérica y hasta en los Estados Unidos se dio por hablar del mismo.

Un caso dramático del cual yo fui testigo ocurrió en una de las oficinas de la compañía gubernamental para la cual trabajaba, donde el supuesto ente hizo su aparición. Un guardia de seguridad que prestaba vigilancia nocturna en el amplio lugar donde estaban las facilidades mencionadas, fue tan fuertemente impresionado por lo que vio, que estuvo una semana sin acudir a trabajar. Yo pude leer el informe que la persona hizo posteriormente en el libro de novedades, donde alegó haber visto al supuesto Chupacabras. Tanto es así, que este fenómeno cultural ha dejado su huella en la imaginación popular, de tal manera que aun, ocasionalmente alguna que otra noticia sobre la misteriosa entidad, sale en los medios.

Así fue que mi imaginación comenzó a generar ideas sobre los hechos y de alguna manera a analizar el imaginario de las gentes y el mío propio. Es por tal razón, que después de mucho tiempo de tomar y dejar este trabajo, con periodos a veces de meses entre una y otra cosa, finalmente me parece haber terminado lo interminable. El drama humano de los pueblos no tiene fin; por siempre es renovado, modificado y reajustado, pero en todo tiempo respetándose lo precedente.

Experiencias propias, noticias aparecidas en los periódicos locales e internacionales, testimonios personales, comentarios de las gentes, cosas graciosas junto a otras un tanto misteriosas, y las barbaridades de la política de mi país, se conjugan y pasan a forman parte de la información que me saturó, para luego, a partir de eso, escribir este cuento que es pura ficción. Por igual tengo que decir que con este trabajo no pretendo aportar nada en absoluto a investigaciones científicas o seudocientíficas, ya que se trata solamente de un cuento salido de la imaginación, aunque algunos de los hechos, por misteriosos que hayan sido, formaran parte de una realidad.

Es entonces que quiero a gradecer a quienes hicieron esto posible. A mi querida esposa, quien siempre ha estado conmigo en las buenas y en las malas, dándome aliento continuo. A mi hija, mi inspiración para muchas cosas. A todas esas grandes amistades que Dios me ha dado, de la cual es ejemplo la preciosa familia aiboniteña, Rivera de La Texera, siendo Natalia quien me obsequió con algunos vivos dibujos, los cuales tienen personalidad propia y que adornan algunas de las páginas interiores. A mi amigo Eddie, pastor y médico, quien gustosamente escribió el prólogo de este mi primer libro publicado. A mi familia de sangre, quienes siempre han formado parte de mí ser, y a mi familia extendida, de quienes solo he recibido muestras de afecto. Pero en especial, quiero agradecer a Dios, el autor de la vida, con quien me encontré por medio de Jesús. Ha sido Jesús entonces, el autor y consumador de la fe que hoy disfruto; la cual hallé después de mucho divagar y sufrir con pensamientos sobre la búsqueda del origen y propósito de la existencia de la cual hoy participo. Quiero agradecer por esta experiencia que llamamos vida, por esta travesía por el infinito que nos pone a pensar muy en serio en sus orígenes y propósito. Gracias. Esperamos sea de su agrado.

Prólogo

Cercanos el uno del otro, durante varios años, amigos. Me pereció haberlo conocido a través de unas amistades mutuas durante una de mis frecuentes hospitalizaciones. Con el paso del tiempo, llegamos a consolidar, esta amistad, regalo de vida... una bendición...

Hablamos y platicamos de todo un poco... filosofando... intentando recomponer y enderezar lo torcido del mundo con nuestras ilusiones. Un día, hablando como los locos, me comentó: "Estoy escribiendo unos cuentos. Uno de ellos está basado en el Chupacabras". ¡Genial! Su idea me cautivó. Así fue que comenzó toda esta aventura literaria.

Meses más tarde, tuve el manuscrito en mis manos. Al comenzar a la lectura, inmediatamente me parecía escuchar la voz de mi amigo... en cada oración... en cada ingeniosa anécdota... jocoso... chispeante... sarcástico... irónico... saturado de nuestra idiosincrasia de pueblo...afroantillano... caribeño... latinoamericano... Transformando nuestros sufrimientos y pesares en jocosas historias. Riéndonos constantemente, si fuera necesario, de nosotros mismos. Riéndonos de la vida, construyendo mitos en el aire... ídolos de barro... leyendas en el viento... Mezclando a nuestro antojo, realidad y ficción. Construyendo mágicamente nuestra historia de pueblo.

Me hizo recordar, de alguna manera, mi infancia. Sentados en el balcón de mi casa escuchando los cuentos de mi abuela paterna en las noches. A tenue luz, nos narraba historias de la familia... de su pueblo... de su vida... Todos los personajes, lugares y situaciones se hacían realidad en nuestra imaginación. Al final, luego de nuestras carcajadas, dejaba en nuestras mentes una enseñanza de vida. De igual forma, mi abuelo, sorprendía a la muchachería del barrio con las historias de su niñez en la capital, sus recuerdos de la guerra hispanoamericana, y los "embelecos" de las luchas y campañas políticas.

Sí, porque en nuestra isla, la política es vida. En múltiples ocasiones se ha dicho que la "política es nuestro deporte nacional". Lo que es futbol para Brasil y Argentina, el béisbol para los Estados Unidos, es la política para la vida de mi isla. Nos apasiona... vivimos para... vivimos de... nos consume... Somos capaces de transformar en rumba, carnaval, fiesta o rumbón nuestras elecciones. Berengenal de música, algarabía, piragua y maví. Mesclamos ficción y fantasía... toda nuestra realidad con la política. De esto no se salvó ni siquiera el Chupacabras.

Mi amigo del alma logra recoger de esta manera magistral toda esta vivencia. Habiendo estado cerca de los acontecimientos, los lugares y personajes que se desarrollaron en esta historia, nos envuelve, poco a poco, en un mundo irreal, o tal vez, real. Porque hay un momento en que llegas a conocer como cierto todo lo que aquí se dice. O quien sabe, tal vez todo fue cierto. Algún día se sabrá.

Edgardo López
Médico de Familia y Pastor

Capítulo 1

El Desfile Triunfal

La ovación era estruendosa, nunca en la bella isla de Puerto Rico se había llevado a cabo una expresión de pueblo tan concurrida, entusiasta y unánime. Superó por mucho las demostraciones del tiempo del desarrollo de la Pava, ya que por primera vez se había visto tal respaldo del pueblo ante un gobernador electo. Su carga electoral alcanzó la increíble cifra del 89.7% de los votos, rompiendo todos los parámetros alcanzados en todos los tiempos de la historia de la humanidad por un candidato en nación democrática alguna. Tan solo Mao, Fidel, Lenin y otros como Idi Amín en Uganda, le superaban presentando las increíbles cifras del 99.9% del total de votos obtenidos. Obviamente, este tipo de sufragio electoral es conocido como elecciones tipo "Hand Sanitizer", debido al clásico reclamo de efectividad de este tipo de producto al eliminar los gérmenes.

La confianza era total y su sentido de seguridad era tal que se sentía completamente cómodo sentado en el borde superior del asiento trasero del auto convertible, un antiguo modelo Cadillac color rosado, mientras desfilaba saludando efusivamente a la multitud congregada a ambos lados de la avenida Ponce de León. A lo largo de los agotadores kilómetros del desfile la gente le ovacionaba frenéticamente y les presentaban a sus niños levantados en brazos con la esperanza de que tan solo posara sobre ellos su mirada heroica y emancipadora. Desde los edificios a ambos lados, el confeti y pedazos pequeños de papeles multicolores cubrían todo el espacio libre sobre ellos en una lluvia de agradecimiento. Numerosos billetes de todas las denominaciones eran parte de esa precipitación, en una acción de desprendimiento tal, que no pocos de los que los recogían, se los ofrecían a cualquiera que estuviese a su lado. Nunca antes en la historia de la humanidad un pueblo había demostrado tanta confianza en su futuro y en su líder electo.

El crimen se había detenido totalmente en la isla desde que se supo de la captura del Chupacabras por este humilde y valiente alcalde de pueblo y criador de cabras, que ahora, por mayoría abrumadora, se había convertido en el gobernador de todos los puertorriqueños. Los adversarios políticos se unieron en una acción sin precedentes, y ver a los antiguos gobernadores y otrora enemigos acérrimos, Acevedo Vilá y Romero Barceló, abrazados con lágrimas en sus ojos, sudorosos por el entusiasmo, brincando juntos de la alegría mientras celebraban jubilosos mezclados entre el pueblo, no causó ninguna sorpresa. Esta acción sin precedentes de reconciliación también se estaba llevando a cabo en lugares insospechados. En el congreso norteamericano los senadores y representantes, republicanos y demócratas, se abrazaban con alegría y acordaron aprobar los proyectos de unos y otros por unanimidad. En Washington se encontraron también los antiguos presidentes Bush y Clinton, y cuentan testigos que el abrazo que se dieron duró más de media hora, por lo menos. Los líderes de las Coreas acordaron eliminar el paralelo 38 y unirse nuevamente como una sola nación. Mientras tanto, en el resto del mundo los tratados de paz eran tantos que hubo que asignarles turnos en las Naciones Unidas para registrarlos.

La Banca comenzó a perdonar los préstamos e hipotecas de aquellas cuentas que se encontraban atrasadas, todo ante la resistencia de los deudores que ahora insistían en hacer sus pagos incluyendo los recargos e intereses. El enorme flujo de pagos a las facturas de la Autoridad de Energía Eléctrica y de la Autoridad de Acueductos y Alcantarillados, junto con numerosísimos pagos por adelantado, abrumaron de tal manera a las agencias que los sistemas colapsaron, siendo necesario el uso de muchas horas extras a empleados para poder poner al día sus libros. La gran mayoría de ellos rechazaron todo tipo de pago extraordinario y donaron su tiempo, inclusive, muchos, si no todos los grandes ejecutivos de las agencias, se enrollaron sus mangas y participaron activamente de los trabajos en perfecta armonía con los demás.

Hacienda comenzó a devolver todo lo que había cobrado de más y los reintegros comenzaron a fluir aceleradamente. El pago del IVU ascendió meteóricamente al 98.9% y hubiese llegado al 100% de no haber sido por unas maquinas dañadas, aunque se cuenta que los comerciantes ofrecieron pagar sobre lo estimado. El tribunal supremo se autodisolvió por entender que no era necesaria su función y también el CRIM. La división de patrullas de carreteras se redujo al mínimo ya que las violaciones de tránsito se achicaron en un 99%. Los paseos de emergencia, especialmente en las autopistas, se hicieron tan seguros que incluso se comenzó a utilizar para que los ciclistas y corredores se ejercitaran. Los legisladores comenzaron a devolver las dietas, los celulares, los vehículos y se redujeron a una sola cámara ante la eventualidad de la llegada al poder de este héroe de la humanidad. Las guaguas de la AMA corrían con la precisión de un reloj suizo, cesaron casi por completo los apagones, se repararon prácticamente todos los salideros de acueductos y los hoyos en las carreteras del país. El Secretario de Justicia comenzó a resolver los casos más enigmáticos, aquellos que por años estaban engavetados y dejó de servirle al partido político de turno. Las filas en las colecturias fluían con celeridad y la entrega de las planillas de la contribución sobre ingresos ya habían sido entregadas todas, incluyendo los pagos, antes de la fecha límite del 15 de abril. Los reintegros sobre lo pagado en exceso en las planillas, ya estaban en las manos de los contribuyentes, a más tardar, en una semana. Los marbetes e inspecciones se obtenían ya todos, a lo sumo, en los primeros tres días del mes.

La cortesía en los tapones mañaneros y de la tarde era el orden de todos los días. De momento las intercesiones no se bloqueaban, aunque la luz estuviera verde, el precio de la gasolina bajaba tan pronto el del petróleo bajaba a nivel mundial y subía después que se agotaban las reservas compradas a menor precio. Las solicitudes de cupones de alimentos y de los servicios de la reforma de salud disminuyeron casi en un 90%, ya nadie tiraba basura en las calles ni en las playas, ni te dejaban dos docenas de los carritos de compra en los supermercados, apiñados detrás de tu auto. Nadie cruzaba por encima de la grama pisoteando los jardines en su afán por atrechar y llegar 3 segundos más rápido, el pueblo aprendió a hacer filas cuando era necesario y ceder su turno a los mayores e impedidos. Los basureros espontáneos dejaron de surgir y todas nuestras carreteras y vecindarios resplandecían de limpieza.

Pero, ¿quien era este hombre que había logrado tal hazaña en Puerto Rico y en el mundo? ¿Cuáles eran sus meritos? ¿Cómo llegó a convertirse en un héroe de la humanidad? Los meritos y reconocimientos le llovían por doquier, le habían ofrecido la presidencia de las Naciones Unidas, la ciudadanía honoraria de prácticamente todas las naciones de la tierra, grados "Honoris Doctor" de todas las universidades del planeta e invitaciones de todas partes del mundo le fueron extendidas, tantas que no le bastaría una vida completa para poder cumplirlas. La prensa mundial, que había cubierto desde sus inicios su épica cacería del Chupacabras, ahora en presencia abrumadora había venido a cubrir su instalación como gobernador.

Pronto la caravana se tuvo que detener para hacer una parada técnica ya programada en el camino. Un pequeño problema de incontinencia dual que padecía el héroe (después de todo era humano), había hecho que los organizadores, ante la eventualidad de una actividad de larga duración y ante la posibilidad de la ocurrencia de estas apremiantes emergencias biológicas, prepararan en el camino varios lugares limpios y privados para los fines. El héroe se bajó de la limosina y atravesó el improvisado espacio que le abrió la piadosa multitud que comprendía la urgencia de su admirado funcionario.

Mientras la algarabía y celebración continuaba en las afueras, rápidamente atravesó dos puertas un pasillo y otra puerta dentro de la residencia previamente preparada, y siguiendo una ruta señalada por letreros que le dirigían, pudo llegar al lugar preciso. Como para estos momentos el líder necesitaba privacidad y tiempo, los oficiales que le acompañaban se mantuvieron fuera, en la actividad; y los dueños del lugar de igual manera.

Por fin pudo aliviarse de una parte, ahora le faltaba la segunda, la que más tiempo le tomaba. Le habían dejado varias de sus revistas favoritas de farándula y de lucha libre, ya que acostumbraba a llevarse algo de importancia para leer mientras estaba sentado en el retrete, esa silla de la cual nadie se salva. Pero como le había estado sucediendo ya desde hacia cierto tiempo, y a pesar de estar bastante emocionado, no pudo leer ya que se quedó profundamente dormido. Hacia ya varios años y estando de lleno en su cruzada de captura al Chupacabras, que el alcalde, ahora gobernador, había empezado a tener extraños sueños; para preocupación de unos, pero para beneplácito de otros. Así que, de nuevo, como en una película, comenzó esta vez a soñar parte de los sucesos que le habían llevado a la posición actual. De esta manera se remontó a varios años antes cuando había realizado ya varios operativos para tratar de capturar al Chupacabras en el pueblo del cual era alcalde, y soñó...

Capítulo 2

El Safari Final: Primera Parte, En Las Parcelas Campo Rico

Comienzo del Primer Sueño Narrativo

"Alcalde, la tumba cocos está lista, el tanque está lleno" le comunicó uno de sus ayudantes del safari.

"Muy bien" le replico el alcalde que lucía un gran sombrero de cuero a lo Indiana Jones, *"pero recuerda que esta no es una tumba cocos, es una mata pava"*.

"Seguuuurrrro" le contesto el ayudante mientras se dirigía emocionado a encender el sistema de altoparlantes de la mata pava para que el alcalde diese las instrucciones finales.

"Muchachos, la última vez este contrallao se nos escapó por un pelo. Esta vez le vamos a dar pa'bajo. Vamos a empezar por la trampa que dejamos lista en las parcelas

Campo Rico, ya que varios vecinos llamaron a la alcaldía diciendo que por la noche escucharon ruidos raros.

Este era uno de varios safaris que había organizado el alcalde desde que el famoso Chupacabras se había ensañado con todo animal existente en el municipio que administraba. Lo único que quedaba de los pobres animales era el gazpacho chupao, prácticamente sin fluidos corporales, una vez esta rara y extraña criatura terminaba con ellos. Aves de toda variedad, cabras, conejos y hasta perros habían sido atacados misteriosamente. Los habitantes de los barrios Lomas, Palmasola, Campo Rico, Cubuy, Guzmán y otros, se encontraban muy inquietos y no a pocos le recorría un sudoroso escalofrío por sus espaldas cada vez que tenían que salir en las noches por su vegetado y oscuro vecindario.

Rápidamente la ruidosa y exageradamente luminosa caravana, compuesta por algunos 18 a 20 vehículos y un personal combinado entre algunos cuarenta diestros cazadores, operadores de trampas y aventureros, todos fanáticos del vacilón etílico, se dirigió a toda prisa por la carretera 185 en dirección a las parcelas Campo Rico. Una voz agitada y modulada por el alcohol, que interrumpía de cuando en cuando la fanfarria musical de baja calidad que le había preparado uno de los admiradores del alcalde, se dejaba escuchar estruendosamente por el sistema de la mata pava.

"Habitantes del Municipio, su honorable alcalde no descansará hasta capturar vivo o muerto a ese terrorista del Chupacabras. Él les garantiza que cuidará de todos

ustedes y de sus animales. Le rogamos, por su bienestar, que no salgan de sus casas mientras se lleva a cabo este grandioso operativo".

Entre intervención e intervención de este motivado agitador, energizado con algo más que el "Red Bull" y cuya lata no soltaba ni en las cuestas, sonaba estruendosamente la fanfarria preparada especialmente para estos safaris. La música era la misma de un antiguo tema musical del partido de la Pava, aquella entidad política que una vez dominó casi al antojo las elecciones en Puerto Rico por casi 20 años.

No chupará (no, no, no, no, no nó)
No chupará.
El pueblo ya no quiere, que chupe y chupe más (no, no, no, no, no nó)
No chupará (no, no, no, no, no nó)
No chupará.
Tu alcalde te protege, no lo permitirá, NO.

Y así continuaba este estribillo una y otra vez hasta el asfixie, solo interrumpido de vez en cuando por el cliché, que usualmente transmitía el agitador cuando encontraba un buen grupo de curiosos a la orilla de la carretera. Tres vehículos alquilados por enviados de la prensa turca, japonesa y mexicana, les seguían dificultosamente, pero asombrados mientras trataban de imitar los movimientos dignos de "Aunque usted no lo crea" de Ripley, de los conductores de la caravana. Estos, de vez en cuando se pareaban en la carretera de tan solo dos carriles, para que sus ocupantes pudieran, a manera de vacilón, gritarse improperios y otras cosas de vehículo a vehículo, mientras se pasaban latas sudadas y/o cigarrillos entre manos extendidas hacia afuera de los vehículos en movimiento.

Finalmente llega la caravana a la parte alta de las parcelas Campo Rico, se desmontan y se mueven hacia un pequeño y retirado bosquecillo, al lugar donde habían dejado amarrada a una cabrita como carnada en una trampa hecha con una jaula de acero. Todos quedaron impactados por la escena que hallaron. La sorpresa fue mayúscula para los miembros de la prensa, tanto para la internacional como para la local que a la sazón ya se les había unido, al ver el cadáver del infeliz animal con su cuerpo completamente drenado de sus fluidos corporales y la jaula hecha pedazos.

Las cámaras activadas por sensores habían captado los hechos de una figura siniestra y oscura, cuando en sutiles movimientos vampirescos arropó a su víctima con lo que parecieran ser dos densas y articuladas alas. El evento duró solo unos pocos minutos y toda la acción pudo verse claramente a pesar de que las figuras eran borrosas debido al tono verdoso típico de filmaciones nocturnas. Llamó la atención el hecho, que de cuando en cuando el ente miraba hacia la localización de las cámaras, como si conociese su ubicación y como si estuviese acomodándose para dar una buena imagen mientras mostraba en detalles toda su operación. Sobresalía en gran manera el tamaño de sus dos ojos reptilianos y el brillo que de ellos emanaba en una pavorosa visión. Pero lo más que le llamó la atención al alcalde fue que no hubo ningún tipo de resistencia por parte de la víctima, posiblemente bajo el influjo de alguna táctica dormilona. Por alguna razón esta parte de la filmación le impactó visiblemente. De igual manera interesante fue ver como el Chupacabras destrozó fácil y tranquilamente con sus movimientos la jaula hecha con varillas de acero y alambre eslabonado, demostrando una fuerza no de este mundo. Por fin se estaba llegando al final del túnel, ya por primera vez se había documentado la existencia de un ente desconocido, que aunque anunciada ya su aparición en varios países de la región, continuaba siendo un enigma.

Toda la escena fue documentada de prisa, pero a la saciedad. Se formó un tremendo salpafuera y la agitación entre los allí presentes hizo que salieran atropelladamente corriendo por el pastizal hacia sus vehículos para transmitir vía satélite y por Internet las primeras imágenes del Chupacabras y del cadáver junto a la trampa destrozada. El video donde se captó la operación chupadora del misterioso ente ya era propiedad de la humanidad. Fue necesario pedir ayuda de la policía y los bomberos para controlar la multitud de curiosos y averiguaos que seguían derramándose desde todas las direcciones, como una marabunta humana, como una avalancha que emerge de un nido de hormigas de fuego agitadas. Las felicitaciones y abrazos entre los atrevidos héroes se multiplicaron, y los jubilosos rostros sonrientes eran los favoritos de las cámaras de los periodistas. Gracias a la tecnología, la gritería se escuchaba por todo el mundo, y también un ruido que iba en aumento paulatino de lo que pareciera ser como una lluvia torrencial, aunque extrañamente no estaba lloviendo. Un aguzado periodista local rápidamente lo identificó ya que le era muy familiar, el mismo era proveniente de la combinación multiplicada de los sonidos, solo separados entre si por escasos microsegundos, "clik" y "bushsss". Era tanta la agitación y la celebración, que nadie pareció tomar en cuenta la existencia de múltiples neveritas hieleras previamente ubicadas en el preciso lugar del evento y que estaban cargadas con suficiente contenido latoso como para anestesiar al mismo Chupacabras por varios meses.

Después de varias horas de agotadoras celebraciones y entrevistas al alcalde y a otros de los héroes, y como ya había caído la noche, en una reunión del alcalde con sus compinches decidieron ir a la trampa que habían dejado preparada en la zona montañosa del Barrio Guzmán. Era el momento apropiado ya que sabían por las evidencias recopiladas que el Chupacabras estaba en uno de sus frecuentes frenesí alimentarios, pero mejor aún, estaba en territorio del alcalde. Este, con anterioridad se había cogido un corto descanso en la residencia de uno de sus seguidores en las parcelas, se había dado un buen y refrescante baño y se había cambiado de ropa, como anticipando un momento de mayor gloria aún. El nuevo ajuar del alcalde consistía de una camisa clara de manga larga, un chaleco de piel con motivos metálicos de los cuales salían flecos de cuero que terminaban con brillantes balines plateados en sus extremos, unos mahones nuevos, su inseparable sombrero y calzando unas impresionantes botas de cuero argentinas, de esas que usan los vaqueros de las Pampas, de aquellos que bailan malambo.

Subió el alcalde a la plataforma de la mata pava y repentinamente un silencio sepulcral cayó sobre los participantes. Todos los noveleros y los amantes del vacilón miraban fijamente a la figura del alcalde cuando este tomó el micrófono para dirigirse a ellos. El ya casi héroe de la humanidad iba a dirigirse a los aventureros para darles nuevas instrucciones. Flotando en el ambiente estaba la sensación de que algo aun más grande e impresionante estaba por ocurrir.

Mi gente…

¡Waaaaaaaaaaj! ¡fiiiiiiuuuuu, fiiiiiuuuuu! Inmediatamente fue interrumpido por un estallido de júbilo. Un gran y masivo grito, proveniente de la ya multitud que se había llegado al lugar a pesar de los bloqueos policiales y de la Defensa Civil, sacudió el lugar. Las energías colectivas habían sido

renovadas por la excitación del momento y por la
rápidamente cambiante composición química de la
sangre de los participantes. El chiquero ya estaba
montado, los papeles, bolsas de todas clases, latas
de aluminio, junto con botellas vacías de todos los
colores y tamaños, se multiplicaban sobre todo
el lugar. Algunos que habían podido llegar al lugar
con sus vehículos todo-terreno, encendieron lo
último en tecnología lumínica que tenían instalada
en sus vehículos. Barras gigantescas de luces
LED, cubrían todo espacio disponible en sus bien
pretendidos vehículos, cegando a toda pobre
criatura que se atreviera a mirarlos directamente.
Se testifica de un par de incautos, de cuyos ojos
salió un vapor apestoso a carne quemada, cuando
desafortunadamente fijaron su vista en el corillo
de todos-terreno, todos encendidos como soles,
que allí se había congregado. Luego se supo que sus
pupilas se les fundieron instantáneamente, en un
proceso que el médico que les atendió, describió
como vaporización. Por demás está decir, quedando
automáticamente ciegos.

Otros tantos, que pudieron llegar también con sus
inseparables autos hasta el sitio, habían abierto las
puertas de los mismos, dejando ver unos interiores
lujosos, con sofisticados y poderosos equipos
electrónicos. El volumen de la música en conjunto
era tan elevado, que se podía escuchar hasta en
las estaciones espaciales. En la estación espacial
de los chinos, uno de los chinonautas exclamó
en su español aprendido cuando trabajaba en un
Panda Express de Bayamón; *ashí de divletidos shon
los vachilones políticos en Polto Lico, que blutal. Cuando
baje, voy a esclibil a loj políticos del paltido comunista*

de mi país, para que cojan las coshas con maj calma y que aplendan de loj bolicuas." En la otra estación, la internacional, una pareja de astronautas, uno de ellos boricua, totalmente sorprendidos -ya que el sonido no se transmite en el vacío- al escuchar la música decidieron aprovechar el fenómeno para tratar de bailar por primera vez en la ingravidez del espacio, lo que les parecía música de salsa. De esta manera, estableciendo de facto un nuevo experimento.

Mientras tanto, algunos vecinos sacaban sus televisores de plasma de 52" y de mayor tamaño, hacia sus balcones, con el fin de que los asistentes pudieran verse en la cubierta noticiosa internacional. Muchos corillos pudieron proyectar su imagen al mundo sosteniendo latas, botellas o sudados vasos en una de sus manos, mientras que con la otra saludaban o se abrazaban, pegados caras con caras y gritando; *"boricuas pa' que lo sepas"* y *"le metimos mano al Chupacabras, vite"* haciendo toda clase de ruidos, risas, mimos y muecas mientras miraban a las cámaras con ojos saltones y alegres. La ensalada musical, compuesta de nuevo por toda clase de música y no tanto música, ya se había vuelto a montar estruendosamente encabezada por la mata pava, que explotaba los tímpanos de los complacidos asistentes con música popular. Los astronautas de la estación espacial, ahora doblemente confundidos no sabían si estaban bailando salsa, bachata, ragetón u otra cosa, decidieron entonces suspender y perder así, el nuevo y espontáneo experimento.

De todas maneras, después de ese evento, científicos de la NASA se trasladaron exactamente a ese lugar, para desde allí seguir investigando sobre como fue que aquella noche por primera vez se pudo propagar el sonido en el vacío del espacio. Una de las teorías fue que la gran intensidad de los decibeles alcanzados, la dirección de las ondas sonoras, la particular actividad atmosférica sobre el lugar, junto a la actividad solar y lumínica del momento, fueron factores que se combinaron para lograr este fenómeno. Fue entonces, a partir de ese evento, que se comenzó a investigar la posibilidad de que el plasma de las altas capas de la atmósfera, debidamente manipulado, pueda ser expulsado al vacío del espacio en bolsones ionizados, cargando dentro de sí, como si fuese una fantasmal grabadora digital, la memoria de poderosas ondas de sonido. Se teorizó también, que cuando estos etéreos emisarios fueron expulsados violentamente al espacio, chocaron contra las estaciones que a la sazón estaban orbitando, donde la conductividad del metal de sus paredes, junto con la atmósfera encapsulada dentro de las mismas, creó el efecto de descargar el contenido. Algo así como un misterioso mensajero, que tocando a la puerta te transmita un telegrama cantado. Este casi descubrimiento, aunque fortuito, de alguna manera se relacionó con la actividad allí celebrada, y desde ese momento se conoce al proceso investigativo, como "The Mayorhunt Proyect". De todos modos, algunos analistas del diario quehacer del pueblo, concluyeron lo siguiente: "Dadle tecnología para su uso a un pueblo que no la maneje educadamente, y la usará para destruirse a sí mismo".

Mientras todo este alegre caos parecía que cobraba cada vez más fuerzas, de momento lucía que el alcalde había perdido el control de la situación. Fue entonces que, de alguna manera, el unas veces ingenuo, y otras, astuto funcionario, movido por un no se sabe qué, intentó lo imposible; parar un buen vacilón colectivo antes del abandono por agotamiento de los participantes. Así que, levantando los brazos en señal de llamar la atención, lo intentó. Y, sorpresa, ¡ocurrió lo inesperado! Como controlados por una mano invisible, instantáneamente todo quedó en absoluto silencio. ¡Nadie jamás había podido lograr algo semejante en Puerto Rico! ¡Jamás nadie se hubiera imaginado tal asombrosa hazaña! Ni aun la fuerza de choque había podido tranquilizar una multitud tan festiva. Ni siquiera el gas pimienta aplicado en cantidades industriales hubiese alcanzado lo que logró el alcalde. Su camino planificado hacia la Fortaleza estaba siendo pavimentado mucho mejor de lo que esperaba...

Capítulo 3

El Safari Final: Segunda Parte, Barrio Guzmán, La Captura

Entonces el alcalde volvió a tomar la palabra, pero dejando sus brazos en alto como una señal para que guardasen silencio. A todo pulmón y con los micrófonos graduados para que se oyera la mata pava en San Juan, y con un estilo Hectorlavosiano gritó;

Mi genteeeee... (Esta vez todos los presentes estaban atentos, deseosos de saber cual sería el próximo paso a seguir) *tenemos al Chupacabras acorralao, nos llegan informes de nuestra gente en el Barrio Guzmán de actividad muy interesante en el área, así que no lo podemos dejar descansar, este es el momento para cogerlo, sea vivo o muerto. Lo que le pedimos es que no nos sigan, que se retiren a sus casas a descansar tranquilos, saben que pueden seguir la cacería por televisión, gracias a nuestros amigos los periodistas. Recuerden que nosotros velamos mientras*

19

ustedes duermen. Pero si algunos prefieren seguir con la celebración, pueden ir a las canchas de baloncesto de las parcelas y esperar allí, porque ...pito de esta noche no pasa. Le he dado instrucciones al personal para que les presten las facilidades de las canchas del barrio, allí van a estar los encargados para atenderlos, van a haber suficientes cosas frías y ardientes como cortesía de este su alcalde, además hay instaladas dos pantallas gigantes para que puedan ver la acción desde el parque de pelota. Esta va a ser una noche histórica, les prometo que esta noche, antes de que salga el sol, vivo o muerto les llevaré a ...pito a la cancha para que todos en el mundo sepan de lo que somos capaces los boricuas.

Sin darse cuenta, en este emotivo discurso y por dos ocasiones se había referido al Chupacabras con el diminutivo de ...pito, como con un toque de cariño, casi como alguien suele llamar a un buen amigo, con ese tono de voz cuando se menciona el nombre de alguien con quien se tiene confianza.

Explotó de nuevo la algarabía, los astronautas, cosmonautas y chinonautas volvieron a sentir la poderosa y expansiva onda sonora, no obstante, ya habían circulado el planeta desde la primera vez y ahora se hallaban en su órbita un tanto más allá de la República Dominicana, solo que esta vez decidieron no intentar ningún nuevo experimento por la incomprensible mezcla de sonidos registrados. De esta manera, parte de la multitud congregada en las partes altas de las parcelas Campo Rico, en medio de una gran algarabía, se comenzó a mover hacia las canchas de la comunidad, las cuales pronto se vieron abarrotadas. Otros, no pocos, decidieron seguir la caravana por la carretera 957, vía barrio Palmasola y en dirección al barrio Guzmán.

Todo parecía repetirse, de nuevo el estribillo, de nuevo la cacofonía, solo que esta vez había un nuevo agitador en la mata pava, ya que el agitador original había sido sustituido. Testigos, afirmaron haberle visto siendo sacado de la actividad, cargado por manos y pies por un grupo de personas, debido a una grave intoxicación. También se habían añadido nuevos periodistas y corresponsales, especialmente de los países más cercanos, quienes habían sido enviados con urgencia a la isla. Se dio a conocer también de una masiva compra de pasajes aéreos desde todas las partes del mundo hacia Puerto Rico. La capacidad del Departamento de Turismo y de las cadenas hoteleras para la oferta de habitaciones había sido sobrepasada. Se tuvo que preparar urgentemente un llamado para la televisión y la radio, donde se exhortaba que llamaran a cuadros telefónicos montados de emergencia, para que dueños de residencias ofrecieran sus habitaciones disponibles para acoger la demanda. En medio de toda esta agitación, ignorantes de las expectativas que se habían generado a nivel mundial, subía hacia las espesuras del Barrio Guzmán, la brillante y sonora caravana.

Testigos desde la carretera número tres, declaraban luego a la prensa, que desde el área costera se pudo ver y escuchar la ruidosa y luminosa caravana mientras subía por la serpenteante carretera. Algunos, que al momento no sabían de que se trataba, pensaron que era la celebración de bodas más bizarra que jamás habían visto. En una singular entrevista realizada por una televisiva cadena local, el señor Ramírez, residente de las parcelas San Isidro, declaro que llegó a pensar que quizás algún jeque petrolero había seleccionado a la isla de Puerto Rico para celebrar las fiestas de bodas con todas sus 40 vírgenes a la misma vez. Otros pensaron que quizás se trataba de la celebración de las fiestas del cumpleaños de algún funcionario político de importancia o de algún ex gobernador. Lo cierto es que fue algo monumental, de calibre histórico y mundial lo que estaba sucediendo.

Finalmente, la caravana llegó al lugar donde estaba localizada la trampa cerca de la intersección de las carreteras 956 y 186. Extrañamente ya había, un no poco considerable número de personas localizadas en el sector, de igual manera se había corrido la voz de que el Chupacabras de esa noche no pasaba y también de la localización de las trampas, por tal razón el sistema de celulares y de mensajes de texto estaba sobrecargado. No obstante, una vía de acceso estaba siendo custodiada por el personal de la defensa Civil del Municipio, y un lugar espacioso como a uno 100 metros de la localización de la trampa ya estaba preparado para el alcalde, la prensa y otros funcionarios.

En la creciente multitud había una gran expectación, entre la gente se estaba comentando de unos ruidos extraños provenientes desde la espesura, más allá del área donde supuestamente estaba localizada la trampa. Algunos aseguraban haber escuchado gruñidos lastimeros y quejosos que no podían identificar con nada de lo que habían escuchado anteriormente en sus vidas. Otros hablaron de multicolores luces flotantes, como de cucubanos grandes que se movían aleatóriamente en la espesura. En fin, algunos hasta declararon haber visto grandes luces extrañas en el cielo. El ambiente era tenso, el nerviosismo colectivo era palpable y las mujeres que habían acudido con sus hijos, los apretaban fuertemente contra sus cuerpos. Algunos estaban cogidos de las manos, otros abrazados, trataban de controlar su angustia y ansiedad. Los más atrevidos que estaban alejados de la línea de visión, trataban de abrirse paso para obtener mejor posición, mientras otros, repechaban un poco hacia atrás, pero sin querer perderse la oportunidad de satisfacer su curiosidad. El mecanismo de defensa de la multitud estaba en alto, todos estaban prestos a salir corriendo de ser necesario. El lugar de donde provenían los extraños ruidos estaba totalmente en tinieblas y no se podía ver nada debido a la densa oscuridad reinante y a la espesa vegetación del área. Pero sobretodo, nadie, absolutamente nadie, se atrevía ni siquiera pensar a acercarse, primero por el gran terror que sentían y también porque los funcionarios no se lo permitían. Solo algún que otro borrachito, de vez en cuando, se atrevía a proferir de manera imprudente alguna sandez, a la cual nadie prestaba atención debido a la tensión reinante.

Oportunamente localizado estaba un gigantesco camión blanco con unos poderosos reflectores, apuntando, pero no encendidos, hacia el lugar de la procedencia de los ruidos. Como estaba tan oscuro, nadie se percató de un trecho previamente talado que permitiría que un haz de luz potente y convenientemente dirigido diera con precisión justo en el lugar de interés.

El ruido y la luminosidad que traía la caravana habían cesado por orden del alcalde desde al menos un kilómetro antes, cosa de no alertar al objetivo, así que cuando llegaron a Guzmán, el ambiente era uno de solemnidad comparado a aquel que se vivió en Campo Rico. Solo hubo una pequeña agitación cuando llegó el alcalde con su gran comitiva. La gente estaba esperando a alguien que fuera capaz de romper con el detente en que se encontraban todos, pero ahora toda la atención se volcaba sobre él. ¿Cuál sería el próximo paso a seguir, que acción tomaría, con que palabras iniciaría?

Todavía muchos de los que habían llegado con el alcalde estaban estacionando sus vehículos donde quiera hubo un espacio, algunos de ellos bastante lejos, cuando el alcalde, bañado en un haz de luz de un perseguidor, caminaba como una figura brillante, casi mítica, hacia el área designada. La intensa luz que le daba de lleno hacia resaltar todo el brillo de los botones metálicos de su famoso sombrero. Los resplandecientes bolines que colgaban de las tiras de cuero de su chaleco se movían de lado a lado coquetamente mientras caminaba, su blanca camisa tomó un aspecto casi fosforescente al impacto de la luz. Se pudo notar por la abertura frontal del chaleco, una ancha correa de cuero tachonada de botones metálicos, como aquellas de West Side Story. Pero una de las cosas más impresionantes, fue el hecho de que parecía caminar en el aire, casi como si flotara a escasas pulgadas sobre el asfalto, efecto causado por lo oscuro de sus botas de bailar malambo, contra la negrura del pavimento. Esto causó una gran impresión en la multitud que le contemplaba con respeto y admiración mientras le veía acercarse. Seguidamente, se apaga el perseguidor, y se enciende otro reflector de menor tamaño. Este, estaba colocado de antemano, con el fin de iluminar el área designada para el alcalde, para la ya numerosa prensa, y algunos otros funcionarios. El haz de luz descubre al alcalde y al funcionario que había estado a cargo del lugar mientras le hablaba al oído todo lo que había estado aconteciendo allí. Continuamente el alcalde asentía con movimientos de su cabeza, que se notaban aún más debido a los grades bordes de su famoso sombrero.

De pronto el hombre parece haber terminado y el alcalde dirige una mirada penetrante hacia el lugar donde antes se habían detectado los ruidos extraños, al lugar donde estaba la trampa. Se podía notar una gran tensión y preocupación en su surcado rostro. El silencio de la multitud era imponente, la tensión crecía, todo estaba en una quietud tensa, la gente se apretaba entre si emocionada sin saber que era lo que iba a ocurrir, aun lo que estaba produciendo el ruido en el área de la trampa parecía respetar solemnemente la ocasión. De momento y con determinación, el alcalde dio la orden de encender las grandes luminarias. Un par de penetrantes y brillantes rayos de luz rompieron las tinieblas e impactaron el sector dando de lleno en la jaula y sus alrededores. ¡Allí estaba aquella cosa!, encerrada dentro de la trampa, impotente e incapaz de salir de ella. Extrañamente no parecía estar luchando con todas sus fuerzas o capacidades, o al menos eso aparentaba. Algunos comentaron luego que la carnada estaba saturada de narcóticos y somníferos. La realidad era que solo eso lo podía saber el hombre del momento, el alcalde quien fue la persona que diseño, organizó y montó todo el operativo.

De momento el Chupacabras pareció despertar de su letargo y comenzó a sacudirse dentro de la jaula. No pocos se desbandaron en una carrera loca por la oscura carretera, los gritos y desmayos fueron el resultado de aquella impresionante visión. Aquellos que tropezaban y caían al piso, les pasaban por encima. Una risa descontrolada y nerviosa salía de muchas personas, mientras corrían despavoridamente en todas direcciones, con lo ojos desorbitados por el miedo. Otros, paralizados por el terror, vomitaban lo que les quedaba en el estómago, algunos que estaban ajumaos se les espantó la borrachera y quedaron sobrios instantáneamente. Solo los más atrevidos de la prensa estaban eufóricos, mientras filmaban la escena asombrados. La gente se aterrorizó aún más cuando el Chupacabras se incorpora dentro de la jaula mientras se tapaba los ojos con una de sus alas protegiéndose de la potente luz. Todo, mientras daba la impresión de estar apercibido del tumulto y la conmoción cercana. Esto causó una segunda estampida y en su loca huída mucha gente fue atropellada, en especial aquellos averiguaos que habían ido con menores, ahora estaban desesperados. Había que hacer algo, había que detener el caos, había que salvar a toda esta gente aterrorizada. Ahí estaba el líder, el alcalde ante una encrucijada. ¿Que haría, salvaría a la gente tratando de controlarlos? ¿Ordenaría a sus cazadores que llenasen de plomo a la cosa enjaulada, o tomaría la decisión de capturarlo vivo? ¿Crearía una barrera usando a su personal, colocándolos entre la gente y el atrapado pero peligroso Chupacabras mientras les dirigía en una retirada controlada; o prestaría más atención al Chupacabras que tenía en la trampa antes de que se escapase?

Cualquiera que fuese su decisión sería una trascendental, su nombre se pudiera cubrir de gloria o de vergüenza para siempre. Estaba ante los ojos del mundo, ya que algunos periodistas y corresponsales recién habían montado sus estaciones satelitales y estaban transmitiendo al mundo las imágenes en vivo del atrapado y desconocido espécimen. Otra vez el alcalde estaba en una situación precaria, el descontrol continuaba en ascenso alcanzando ya niveles peligrosos para todos los allí presentes. Solo se podían notar un tanto calmados algunos periodistas de CNN, veteranos de cuanta guerra ha habido desde la primera invasión a Irak, quienes filmaban cada detalle del operativo. De momento, por medio de un sistema de sonido, por igual instalado en el lugar, (la mata pava había quedado muy retirada) resueltamente se escucha la voz del alcalde llamando a la calma y al control.

Mi gente... (Esta vez con un tono menos musical, más autoritario y más enérgico)

No huyan, no deben tener miedo, ustedes están completamente seguros, el Chupacabras está totalmente bajo control. Yo les aseguro y les garantizo con mi propia vida de que nada les pasará. Lo que está sucediendo aquí en esta noche se escribirá en las páginas de la historia de la humanidad. Ustedes son los testigos primeros, los que han tenido el privilegio que reyes, presidentes, gobernadores y científicos de todo el mundo no han podido tener. Ustedes son ahora héroes de la raza humana, cada uno de ustedes quedará cubierto de gloria al ser los valientes testigos, presentes en estos eventos que cambiarán para siempre la mentalidad de los hombres y la percepción de todas las cosas.

Ocurrió nuevamente el milagro, a la voz del alcalde la multitud quedó calmada instantáneamente como si hubiera recibido un baño de tranquilizantes. Los que se habían alejado corriendo, ahora regresaban de la misma manera, los que se habían caído, ahora estaban siendo asistidos, quizás por los mismos que les habían pasado por encima. Los niños fueron consolados por sus padres, y regresó la alegría y el entusiasmo como por arte de magia a la multitud que volvió a compactarse en la carretera para observar. La multitud, desparramados por todo el lugar, observaba todo lo que acontecía, pero sin entrar al área boscosa. Mientras tanto, el Chupacabras que se había relegado a la parte posterior de la jaula, parecía estar atolondrado y confuso, y extrañamente, como comentaban algunos, cansado.

¿Sería que tal vez la descomunal persecución a la cual le había estado sometiendo el alcalde por fin estaba dando resultados? ¿Estaba el Chupacabras verdaderamente rendido, cansado, agotado? ¿Qué pasaba con aquella fuerza descomunal que había mostrado en la destrozada jaula usada en las parcelas Campo Rico? ¿Por qué no rompía esta jaula que era de construcción similar a la otra y trataba de escapar nuevamente? Más aun, ¿quién era esta extraña criatura que ahora estaba delante de los ojos de toda la humanidad? Todas estas preguntas y muchas más estaban en las aguzadas y avezadas mentes de los más experimentados periodistas. El alcalde, en este momento entendía que ya era menester dar un próximo paso para romper con el ciclo de reflexión que sobre todos estaba aconteciendo.

Simultáneamente en Puerto Rico y en el resto del mundo, comenzaron a tomar, muy, pero que muy en serio, las andadas de este popular, todo único personaje y sencillo alcalde de pueblo pequeño. Este, en su obsesión desconocía el agite que había provocado a nivel internacional y continuaba de manera muy dramática su actividad; ignorante de que, al parecer, su quijotesca cruzada, había conmocionado al mundo. En aquellos países donde era tiempo diurno, se suspendieron sesiones en los parlamentos y congresos mientras contemplaban los acontecimientos estupefactos. El presidente de los Estados Unidos y de otros países, donde era tiempo nocturno, fueron despertados por sus asesores de seguridad para observar las transmisiones de los eventos en vivo y vía satélite. Por igual, se formaron de emergencia reuniones de alto nivel en todas las naciones de la tierra. Estaban enviando desde los Estados Unidos con urgencia unidades especiales de investigación de lo paranormal, un grupo de los mejores "Men in Black" y hasta el comando mayor se puso en alerta roja. Las maquinarias de las fábricas en la China fueron paralizadas, y los ingenieros comenzaron una carrera desenfrenada para transformarlas y así comenzar la producción de muñecos y peluches con la figura del Chupacabras y del alcalde lo antes posible. Mientras tanto, los especuladores de las grandes cadenas comerciales, los estaban volviendo locos con sus pedidos. En Japón, la industria de juegos electrónicos convocó a todos sus ingenieros para comenzar inmediatamente la creación de juegos con el Chupacabras y el alcalde. El Senado y la Cámara de Puerto Rico fueron convocados de urgencia a una reunión de emergencia en la fortaleza, a donde acudieron sobresaltados y somnolientos sus miembros, muchos de ellos pensando, *"esta dieta la cobro triple"*, para luego, al darse cuenta de la conmoción mundial de los hechos causados por la emergencia, buscar tomar preponderancia de alguna manera.

Grupos de agoreros, místicos, adivinos y toda clase de agitadores apocalípticos, estaban montados en tribunas. Las gentes querían romper las puertas de las iglesias y los templos para entrar a orar y a recibir las bendiciones y absoluciones de los ministros y sacerdotes. Se comenzó a organizar una misa de perdón y penitencias de emergencia en Roma, los jihadistas, en sus países, automáticamente respondieron disparando al aire toneladas de plomo hasta agotar todas sus municiones, mientras celebraban con mucha alegría, pero sin saber por qué rayos lo estaban haciendo. Los budistas hicieron tal quemazón de incienso, que la nube de humo opacó la luz del sol por varios días en algunas regiones del mundo, los santeros no dejaron pollo vivo, o todo lo que tuviera plumas, de tal manera que provocaron una escasez mundial del pobre animal, y los rastafarian intoxicaron al mundo con el olor del cannabis. Así el mundo parecía estar en total descontrol, donde cada cual, a medida que iban entrando en conocimiento de los dramáticos sucesos, corría a su personal escape.

Pero lo peor de todo era que la seguridad y la vida sobre la tierra estaban en vilo, todas las potencias del mundo estaban en alerta roja. Las unidades elite de los ejércitos del mundo estaban listas para actuar donde y cuando fuera necesario, los maletines negros estaban encadenados en los brazos de los presidentes y ministros claves, los satélites espías estaban afinados, los misiles intercontinentales habían entrado en conteo regresivo de seguridad y alerta. Los submarinos atómicos estaban recibiendo comunicaciones secretas y se estaban posicionando, enfocando y apuntando desde sus secretas localizaciones a sus objetivos previamente asignados. Aviones secretos, totalmente armados, ya estaban en el aire o a punto de hacerlo, en angustiosa espera por instrucciones. En el mar, las flotas navales asumían posiciones estratégicas alrededor del planeta. Mientras todo esto acontecía, el alcalde ignoraba que su ruta planificada hacia la fortaleza había volcado patas arriba a toda la humanidad, que su bizarra odisea había excedido por mucho lo pensado.

De momento, el Chupacabras se sacude nuevamente en su jaula, pero esta vez la multitud no corrió y solo prefirió quedarse a ser parte de los acontecimientos por venir. El silencio y la expectación se rompen, cuando el alcalde da las próximas instrucciones.

Por favor, nadie me siga, repito, NADIE ME SIGA. (dramáticamente, con énfasis y autoridad).

Voy a llegar hasta la jaula, voy a ver las condiciones y verificar si es seguro transportarlo. Esto puede ser peligroso, así que no quiero que nadie arriesgue su vida, ya les he dicho, y nuevamente les repito, NADIE ME SIGA. Ahora mismo les estoy dando instrucciones a mis oficiales de la defensa civil y de la guardia municipal, de que no permitan que nadie me siga. El que lo intente será arrestado. Por favor, esto es importante, es por la seguridad de todos ustedes. Los que gusten pueden permanecer aquí, ya que estarán seguros y protegidos por mi grupo de cazadores y la policía municipal.

Seguidamente, un grupo de hombres armados con ropas militares, vestidos un tanto estrafalarios al estilo Rambo, con la apariencia de guerrilleros que llevaban 6 meses sin salir de la jungla, junto a algunos miembros de la policía municipal, se apostaron al borde de la carretera formando una línea entre la gente y el alcalde, mientras apuntaban sus armas hacia arriba, pero en dirección al punto de interés. Obviamente, de surgir alguna eventualidad no se hubiese podido abrir fuego, pues el alcalde estaría directamente en la línea de tiro. Así se la jugó fría el alcalde delante de toda la humanidad que le observaba en vivo, pero con poco color por ser de noche.

El alcalde comenzó el descenso y su figura fue alejándose, lenta pero determinadamente mientras se internaba en la espesura. La luz del perseguidor alumbraba aquella figura fantasmagórica que se empequeñecía mientras más se acercaba a la jaula. Ocasionalmente desaparecía detrás de algunos arbustos, para luego reaparecer más adelante. El reflejo de la luz sobre los botones metálicos en su sombrero y en la parte posterior del chaleco de cuero, creaban un efecto como de una visión de alguien capaz de destellar e irradiar su propia luz. Mientras tanto, arriba, en el borde de la carretera, todo era tensión y expectación, solamente se escuchaban los susurros de las oraciones y plegarias hechas como suspiros. Los reflectores continuaban impactando al Chupacabras que continuaba en aparente estado de aletargamiento dentro de la jaula, a la vez que la luz del perseguidor iluminaba al hombre del momento; uno que rápidamente estaba ganando estatura mundial, mientras cada vez se acercaba más y más a un encuentro que sería trascendental para la humanidad.

Los comentarios en todos los círculos mundiales eran de asombro e incredulidad y en algunos casos hasta de admiración al ver a este alcalde dirigirse resueltamente hacia la jaula. Algunos comentaban que era un hombre disfrazado dentro de la jaula, y que el video tomado por las cámaras en las parcelas de Campo Rico fue uno preparado para alguna película de terror barata que nunca fuera exhibida. El presidente de los Estados Unidos, mientras veía en la pantalla (en el mismo salón y con la misma gente que siguieron los acontecimientos de Bin

Laden) exclamó en un muy mal español mientras hacia círculos con su dedo sobre el área de su sien: *"Mucho Locou, debió esperuar a los "Navy Seal" que he despachadou paura traeeer al Chupacabrua a la base cincuentayunou"*. En la ciudad de México, uno de los asesores del presidente se le salió un grito jaliscano y dejó a todos atónitos cuando exclamó: *Hijole, que machazo, ay, ay, ay, ay, ayyy"*. En la Duma Soviética el Vodka corría como una inundación catastrófica que arrasaba todo a su paso. En la hermana República de Cuba, un dirigente se notaba por primera vez en su vida tan emocionado, que se arrancaba los pelos de la barba, y en la también hermana, Quisqueya la Bella, el presidente electo comentó: *"Oh, pero bueno, ete boricua si que etá totao"*. A nivel mundial no poca gente infartó de la emoción, en los días siguientes se reportó de miles de casos acontecidos ese día.

Ya el encuentro con lo desconocido estaba solo a pocos metros de acontecer, un nuevo despertar para la humanidad estaba a la vuelta de la esquina y el mundo entero sería testigo de los hechos. El alcalde estaba de frente a lo desconocido, solo y valiente, por su decisión. La posible ayuda militar y científica enviada por el presidente de los Estados Unidos, todavía estaba a más o menos de una hora de llegar, a pesar de su rápido despliegue y activación; no obstante, luego tuvieron que admitir que fueron tomados por sorpresa y que nunca le dieron la importancia a estos acontecimientos, los cuales los tomaron como una cosa de locos. Las agencias locales estaban todas atascadas como de costumbre, solo algún que otro helicóptero sobrevolaba la zona, pero sin poder aterrizar, ya que la multitud cubría los únicos espacios posibles para hacerlo.

Pronto el alcalde llegó junto a la jaula, el Chupacabras no parecía responder a la cercanía de un ser humano. Cautelosamente se acercó, y con arrojo la tocó con su mano extendida para retirarla rápidamente, el ente no parecía responder. Un silencio de ultratumba flotaba en el ambiente. Vuelve el alcalde decididamente a sacudir valientemente la jaula y esta vez el ente parece moverse, la tensión era demasiado para algunas personas que se desmayaron desplomadas en el suelo, mismas a quienes nadie les prestó atención, puesto que todos tenían sus vistas fijas en la escena. Entonces el alcalde hizo lo impensable, tomó una larga vara y la introdujo en la jaula hincando con ella en una de sus alas al engendro. Esta vez el fenómeno reaccionó enérgicamente y se ve al alcalde retroceder en un acto defensivo. Arriba, en la carretera se escucha el martilleo de las armas listas para abrir fuego, cosa que no pudieron hacer por estar el alcalde en el área de impacto. De momento, la jaula es sacudida con fuerza y violencia por el engendro. El temor de que cobrara su primera víctima humana ahora era más real que nunca. La bestia ahora parecía estar totalmente activa en un frenesí de energía y violencia, cuando de pronto, Puff, todo quedó en tinieblas. Extrañamente los dos silenciosos generadores que le daban electricidad a los sistemas de iluminación dejaron de energizar simultáneamente, quedando la zona en total penumbras. Explota el pánico en la multitud, el grito de la gente se podía escuchar claramente en las islas de Culebras y Vieques, los fogonazos de las armas rompían el manto de oscuridad disparando al aire lanzando una lluvia de plomo en un intento de disuadir cualquier agresión. Al siguiente día se reportó en el área del Barrio Guzmán, de múltiples animales muertos o heridos, pero esta vez no por el Chupacabras, sino por la lluvia de plomo que les cayó del cielo. Afortunadamente, aparte de ventanas y techos de zinc perforados, no hubo muertes humanas que lamentar. Mientras tanto, el caos se había apoderado de la totalidad del planeta, el masivo uso simultáneo del Internet causó un mega impacto que hizo que este colapsara mundialmente. Solamente algunas conexiones privadas y gubernamentales de seguridad permanecían funcionales, lo que afortunadamente permitió que los líderes de mayor jerarquía mundial pudieran ejercer la prudencia entre ellos y mantener un tenso control de sus armas y sus ejércitos.

Un dispuesto funcionario municipal, de alguna manera comenzó a impartir instrucciones por un megáfono de baterías, que a la sazón y al parecer casualmente, estaba por allí disponible. *"Cuneta, Cuneta, prende rápido que nos limpian al alcalde"*. Cuneta era el apodo del electricista municipal que se lo había ganado por la costumbre que desarrolló de dormir en las mismas los viernes sociales y fines de semana de cobro. Agraciadamente, luego se supo que ya estaba rehabilitado.

El milagro de nuevo ocurrió, Cuneta pudo reactivar la energía. Los 30 o 40 segundos que duró el apagón, parecieron siglos por la expectación tan dramática que se dio. De nuevo, los haces de luz penetraron la oscuridad e impactaron el área. Allá estaba el héroe, solo, junto a la jaula que contenía al Chupacabras en aparente estado de sumisión, mientras con ambos brazos en alto, y con una gran y brillantemente áurea sonrisa tranquilizadora, saludaba efusivamente a la multitud presente y a la mundial. Su diente de oro brillaba distantemente, como un pequeño sol, en una imagen que dio la vuelta al mundo. Así, esta sonrisa, opacó la más sofisticada y elaborada mueca de simpatía y glamour, jamás registrada en la alfombra roja de los oscares. Esta imagen se volvió tan viral, que desplazó la icónica foto de Marilin Monroe, cuando "sonrojada" se cubre sus sopladas y blancas faldas, del lugar preferencial de las gentes. De hecho, al partir de ese momento, se comenzaron a ver a las estrellas de Hollywood mostrando sus nuevos implantes dentales, hechos del oro más puro y costoso.

Luego el alcalde, ante el asombro total de la humanidad, se puso ambas manos en forma de embudo en la boca y pudo gritar lo que se entendió como un *"Todo está bien"*. El vitoreo y el aplauso que recibió de toda la humanidad fueron tan grandes, que se sacudió el planeta. Algunos sismólogos posteriormente, le atribuyeron al mismo varios, temblores que ocurrieron por diversas partes del mundo en el mismo instante. En Puerto Rico, en los Pubs y Sport Bars, donde se acostumbra a seguir eventos vía satélite, se abrieron los grifos gratuitamente a los asistentes y la fiesta se prendió. Pero nadie, jamás de los jamases, nadie se hubiese imaginado un evento de esta envergadura pudiese ocurrir. Esta fue la imagen que recorrió el mundo en un instante; ¡allí, alumbrado por dos potentes reflectores, en medio de la espesura, con todo su brillo, estaba el nuevo paladín de la humanidad!

Capítulo 4

El Traslado

El alcalde hace unas señales y varios de los funcionarios, algunos guardias y cazadores, al parecer ya preparados o escogidos de antemano comenzaron a descender hacia el área. Algunos de los curiosos y averiguaos tuvieron que ser contenidos para que no se desbordaran hacia el lugar, pero la mayoría prefirió continuar observando desde la distancia ya que todavía existía el temor de una reacción violenta del Chupacabras y su posible fuga. Guachupito, el payaso del pueblo, que estaba allí desde bien temprano, gritó a todo pulmón —*"Eso que está en la jaula es un hombre disfrazao, no me vengan a coger a mí de soquete."* — seguidamente comenzó a reírse imitando a un pavo en celo, lo que le costó recibir dos sonoras bofetadas que le llevaron al silencio. A los que en realidad se hizo difícil contener fue a los más atrevidos de los periodistas, quienes, mediante la promesa de entrevistas exclusivas a cada uno de ellos y de fotos cercanas del fenómeno una vez trasladado, pudieron ser controlados.

Al llegar los funcionarios a la trampa se nota al alcalde impartiéndoles instrucciones animadamente, cuando de pronto la multitud se agita nuevamente al escuchar un poderoso ruido y ver unas extrañas y destellantes luces moviéndose desde el interior de la espesura hacia donde estaba la escena. Otro nuevo y desconocido peligro estaba surgiendo. La tensión mundial vuelve crecer y la imaginación de las gentes se desbordó rápidamente. Las personas mayores, locales del área, recordaron que esa zona se hizo famosa entre las décadas de los 60 y los 80 por ser una de avistamiento de OVNIS. ¿Será el Chupacabras de origen extraterrestre y habrán venido a su rescate los de su especie?

El ruido iba en aumento y las extrañas luces cada vez estaban más cerca del alcalde y del pequeño grupo, pero extrañamente, a ellos parecía no importarles mientras conferenciaban y miraban perplejos a esa extraña criatura. ¿Será tal vez que por estar tan concentrados no se habían percatado del nuevo peligro que les acechaba, o quizás fue que la gran valentía y arrojo demostrado por el alcalde, había de alguna manera llenado de extremo valor a los que le acompañaban justo en la dramática escena? La realidad es que nadie podía ya casi ni razonar por lo confuso y rápido en que estaban sucediendo los eventos. De igual manera, no se notaba ninguna reacción en la cosa atrapada, solamente algunos movimientos ocasionales, no bruscos, lo que demostraba que estaba con vida.

De momento surge de la espesura, por un camino en tierra previamente preparado que no había podido ser distinguido con anterioridad debido a la oscuridad y lo irregular y vegetado del terreno, un poderoso camión grúa de tamaño mediano. Lo que antes atemorizó, sus destellantes luces multicolores, ahora creaban todo un extraño espectáculo lumínico en la escena, dándoles a los personajes una imagen surrealista, como participantes de un baile en la pista de una discoteca mientras parecían moverse como figuras fantasmales en intervalos de tiempo. Afortunadamente pronto las apagaron.

Desde la carretera se puede notar al alcalde muy activo y agitado impartiéndole instrucciones a diestra y siniestra a su personal. Se coloca el camión cerca de la jaula y dos personas se bajan del mismo. Seguidamente sacan un espeso manto para entre varios, y bajo la supervisión del alcalde, proceder a cubrir con mucha dificultad la jaula y su tenebroso contenido. Se podía palpar la tensión de aquel grupo de 10 a 12 personas que trabajaban arduamente junto al alcalde. Varios de los funcionarios reciben entonces instrucciones directas del alcalde y salen corriendo pendiente arriba hacia la carretera, mientras allá abajo, en el lugar más importante del mundo en esos momentos, continuaba el alcalde y aquel grupo de valientes trabajando frenéticamente y con muchísima precaución mientras preparaban su cargamento para ser trasladado.

Trompi y Pitufo, que era el apodo de dos de aquellos nobles personajes y empleados del municipio que habían venido de la espesura (casi nadie los conocía por sus verdaderos nombres), llegaron agitados a la carretera después de subir la relativamente empinada cuesta. Luego de reponerse por unos segundos manifestaron las instrucciones que el alcalde había dado especialmente a los policías municipales, a la defensa civil municipal e información general sobre lo próximo a seguir.

Esta fueron las instrucciones que el alcalde dio:

La Policía Municipal con refuerzos de la estatal estarían escoltando a los numerosos miembros de la prensa por unos caminos vecinales hasta la cancha bajo techo de las Parcelas Campo Rico, a donde sería llevado el Chupacabras. Una vez allí, se les concederían las entrevistas y podían retratar y filmar a la saciedad al fenómeno. Un serio y trabajador sargento de la guardia municipal, de apellido Santiago y conocido como el sargento Balín (apodo que traía desde la escuela superior por ser corredor de los 100 metros) conocía exactamente la ruta a seguir. Él los dirigiría hasta llegar por la parte posterior del complejo deportivo de las parcelas Campo Rico.

La defensa Civil debía manejar la multitud, evitar el desorden mientras encomiaban y dirigían la evacuación del lugar. Debían impartir instrucciones a todo el mundo para que regresaran a sus hogares, ya que podrían ver por la televisión todo lo que acontecería luego. El Chupacabras habría de ser llevado a la cancha bajo techo de las Parcelas Campo Rico para ser presentado a la prensa y posteriormente entregado a las autoridades que le reclamasen. Como el lugar ya estaba totalmente lleno, no era recomendable, por ser muy peligroso, que se moviera más gente al lugar.

Y esto era lo siguiente que acontecería. El alcalde, el conductor y el operador de la grúa, dos de los cazadores y un solo policía municipal, estarían trasladando al Chupacabras a la cancha bajo techo de las Parcelas Campo Rico. La ruta sería atravesando por caminos privados y caminos de tierra en fincas deshabitadas a través de los cuales llegarían prontamente al lugar.

Inmediatamente se pusieron manos a la obra, el cuerpo policiaco guiado por el Sargento Santiago tomó el control de los periodistas y pronto comenzaron su traslado según lo indicado. La Defensa Civil comenzó la evacuación ordenada del gentío, que a la sazón ya estaba tan asombrada con el alcalde que increíblemente estaba en completa obediencia civil. Al mismo tiempo que en la carretera ocurría esto, abajo, en el lugar de interés, ya habían montado la jaula en la grúa. Luego, el equipo de traslado con el alcalde encaramado sobre la jaula y los demás enganchados a la grúa por todos los lados posibles, partieron raudos por los misteriosos caminos. Algunas personas vieron la comitiva de traslado cuando desaparecía por la densa vegetación mientras llevaban hacia la próxima parada a esta increíble criatura. El resto de grupo de trabajo se movió a la carretera para ayudar en las otras fases.

Cuando los periodistas desmantelaron sus instalaciones satelitales, hubo un "Black Out" mundial, lo que causó que el pandemonio creciera con frenesí. Se organizaron aceleradamente programas televisivos con paneles de expertos que opinaban cosas tan bizarras como los mismos hechos. Algunos decían, como Guachupito, el cómico del pueblo dijera, que todo era un fraude, que dentro de la jaula lo que había era un hombre disfrazado, otros alegaban tener contacto del primer tipo con la especie extraterrestre a la cual pertenecía el Chupacabras, y que, si no lo liberaban pronto, los eventos podían desencadenar en una verdadera guerra interplanetaria. Los expertos en tecnología estaban divididos en cuanto a la autenticidad de los videos filmados en las parcelas Campo Rico, cuando se vio claramente al ente destrozar fácilmente la jaula después de haberse chupado a una desdichada cabra. Extrañamente casi todos ellos estaban de acuerdo en lo genuino de la filmación. Todo esto lo que hacia era aumentar más la confusión reinante. Muchas preguntas estaban flotando en el aire. ¿Dónde estaba la famosa agencia de inteligencia, la CIA, en todo esto? ¿Por qué sus agentes todavía no han llegado al lugar de los hechos y han tomado el control, o tal vez será que son ellos los que están detrás de todo esto? ¿Sería el alcalde un brillante agente secreto y todo este montaje una magistral estrategia para probar los sistemas defensivos y de respuesta a emergencias militares de algunas naciones de interés? ¿Y qué tal si esto era solo una estrategia del gobierno de Puerto Rico para atraer capital a su destrozada y saqueada economía? ¿Por qué existía, como preparado de antemano, un camino en la espesura donde estaba este camión grúa esperando, y también como era posible que hubiese un camión preparado con las grandes luminarias? Lo cierto era que nadie sabía las respuestas a estas preguntas y a muchas otras que brotaban a borbotones entre los millones de personas que habían estado observando las transmisiones satelitales. Solo el paladín de la humanidad, aquel que en estos momentos andaba por caminos ocultos junto a un puñado de sus valientes transportando su misteriosa carga, podía desgarrar el velo de misterio que rodeaban los sucesos.

Un comentarista español en un programa especial de TVE, donde habían militares, ingenieros, físicos y hasta charlatanes, y donde tenían un mapa de la zona analizando las posibilidades, dijo lo siguiente:

"Señoreeez, la realidad es que no tenemos idea de donde se hallan en eztoz momentos, solo zabemoz que ze dirigen hacia este punto en el mapa, y que han partido de ezte otro.

Señala en el mapa con un apuntador hacia la localización de ambos lugares, mientras traza sobre los dos puntos la posible ruta.

La ezpera, a pezar de ser tenza, está cercana a terminar, zolo falta que lleguen a la cancha de las parzelaz, diztante zolo a menoz de 30 minutoz. ¡Pero, un momento hombre! ¿qué pazaría zi nunca llegan? ¿Qué tal si agenteeez zecretoooz de otras nacionez ya eztán infiltradoz en el área y los ejecutan para robarlez el fenómeno? ¿O tal vez si la peligrosa bestia se ezcapa y chupa sus fluidoz, matándolez? O como dicen algunoz, al parecer ahora no tan estrafalarioz; zi ez una especie extraterrestre, ¿vendrán a su rezcate atacándolez y haciendo dezaparecer

45

toda evidencia? Ezperemooz que nada de ezto ocurra y roguemooz de que nada cataztrófico pase en estos tenzoz minutoz que faltan para que lleguen, porque si no hombre, ¿quién entoncez podrá zacar a la humanidad de ezta incertidumbre? Estos son los minutos de mayor expectación que jamáz haya vivido la especie humana, estos son los 30 minutoz donde el mundo se juega su existencia, loz 30aa minutoz máz largoz de la hiztoria, son los "Expectantez 30". Aquellos de vozotros que tenéis fe en algo, rogadle, aquelloz que no, más les vale que buzquéis de donde zostenerzee.

De esta manera el comentarista español bautizó este tiempo de "Black Out" como los Expectantes 30. Mientras todo esto acontecía, los satélites espías estaban siendo calibrados a toda prisa para enfocar sobre estos terrenos de poco valor estratégico y militar. Esto estaba tomando un tiempo, en el que ni aun los militares sabían lo que el nuevo héroe de la humanidad se encontraba haciendo.

Ya en una de las canchas bajo techo de las parcelas, un contingente policiaco y de la defensa civil estaba controlando un espacio reservado para la colocación de la jaula, para el alcalde y su comitiva, y también para la prensa. Los caminos de acceso al sitio estaban controlados y en especialidad por la parte posterior, lugar desde donde se esperaba a alcalde y su carga y también a los periodistas escoltados por el sargento Balín. El parque de pelota estaba inundado de gentes y sobre ellos sobrevolaban dos helicópteros de la Guardia Nacional que fueron los primeros de ese cuerpo militar que pudieron llegar, pero los cuales no podían aterrizar debido al gentío. Finalmente tuvieron que hacerlo muy lejos del área. Ya algunas estaciones satelitales estaban montadas, de tal manera que la transmisión por satélite fue reanudada. También se supo a través de los medios nacionales que ya estaba realmente próximo el equipo de investigación que enviara el presidente de los Estados Unidos.

El contingente de la prensa llegó primero y tuvo tiempo suficiente para unirse a sus otros colegas e instalar sus equipos por igual. Ya dentro de la instalación se escucha la algarabía por la cercanía del alcalde y su carga. Efectivamente, por el pequeño puente de la comunidad que sirve de enlace a la zona rural al este de la carretera 185, con el complejo deportivo de Campo Rico, se podían ver las luces de la grúa más famosa del mundo. Todo era expectación en la multitud, los periodistas energizados por la oportunidad de desentrañar el más grande misterio de la humanidad se abrazaban unos con otros emocionados, algunos dicen hasta haber visto llorar a algunos de los más rudos y curtidos de ellos, mientras tanto, sus camarógrafos filmaban y transmitían al mundo entero todo lo que estaba aconteciendo allí.

Capítulo 5

El Chupacabras ante los Ojos del Mundo

Hace su entrada la grúa con el alcalde que estaba sentado sobre la jaula cubierta. Los otros que estaban arreguindados de la grúa se bajaron y entraron a pie en medio de chocadas de manos, efusivos y sacudidos abrazos y preguntas de los que tenían el privilegio de estar justo en el lugar más importante de la tierra en estos momentos. Todos tenían los celulares en alto mientras filmaban el momento y tomaban fotos. El sistema vuelve a colapsar debido al masivo uso del medio ya que todos querían enviar los videos y fotos a sus panas y familiares. De momento se hizo un silencio de ultratumba, el alcalde se desmonta de dos saltos y pone su pie sobre el piso, los operadores de la grúa también se desmontan. Un olor nauseabundo, como a huevos podridos, parece emanar de la jaula causando no pocos gestos de disgusto. El alcalde es rodeado por algunos, mientras otros perplejos contemplaban la cubierta jaula. Pronto ésta iba a ser destapada y todo el mundo vería por primera vez, muy de cerca, increíblemente cerca, su contenido: el famoso Chupacabras.

De pronto la jaula se sacude violentamente, todos, excepto el alcalde repecharon y caminaron hacia atrás con una mirada de terror. El alcalde permanece inmutable mientras llama a sus ayudantes, aquellos que le habían acompañado en la transportación de la cosa, para darle las nuevas instrucciones. De nuevo, al ver la pasmosa calma y seguridad con la que el alcalde se desempeñó, trajo tranquilidad a todos los que estaban en el repleto lugar. Los camarógrafos hacían su agosto mientras transmitían vía satélite lo que estaba sucediendo y la imagen de la cubierta jaula era ahora el centro de la atención mundial.

El alcalde levanta ambas manos, un gesto ya determinante en él y suficiente para que todos guardaran silencio; hasta los coquíes parecieron silenciarse en este dramático momento. Había electricidad en el aire, todo era suspenso, en los programas televisivos mundiales toda la atención estaba centrada en las pantallas, en los "Talk Shows" a nivel mundial todos dejaron de hablar, toda la tierra estaba en suspenso, todo se había paralizado. Los expectantes 30 minutos ahora se habían convertido en los desesperantes 30 segundos.

Mi gente... (ahora con un tono suave, como cansado, como agotado, casi como con compasión)

Aquí, como les prometí, tengo a ...pito. **(de nuevo, sin darse cuenta, usa un diminutivo para llamar al Chupacabras)**

Ya mismito vamos a descubrir la jaula, solo quiero dar unas instrucciones que son para la seguridad de todos. A los periodistas, tal y como se les prometió podrán filmarlo y transmitir sus imágenes al mundo. Solo les pido que no se acerquen mucho a la jaula. ...pito, **(otra vez, de manera muy familiar)** *todavía es peligroso, por lo tanto, pondremos una barrera de cuerdas que será el punto máximo de cercanía desde donde podrán hacer sus trabajos.* **(tenue murmullo de protesta que rápidamente cesa)**

No se preocupen, les aseguro que no querrán acercarse más y que estarán tan cerca como para poder llevarse la impresión de sus vidas. Recuerden que lo que queremos es garantizar la seguridad, tanto la de ustedes como la del Chupacabras. Así que esto es lo que vamos a hacer, los periodistas cuyo nombre de su país de origen comiencen con las primeras siete letras del abecedario iniciarán su trabajo primero y así sucesivamente hasta que todos lo hayan podido hacer. Cada equipo tendrá 5 minutos, esto es así para darle la oportunidad a cada uno de ustedes. También tengo que decirles, que se me ha informado, que una unidad de élite de los "Men in Black" llegará en aproximadamente 15 a 20 minutos y se llevará al Chupacabras para sus cuarteles y centro de investigaciones, así que manos a la obra. Gente, lo prometido es cumplido.

Ah, otra cosa. No teman por el mal olor que despide, no es tóxico ni peligroso.

Como mantuvo los brazos en alto aún después de haber terminado con las instrucciones, todo el mundo quedó en silencio. Además, ya en esta etapa de los eventos todo lo que decía el alcalde era obedecido sin chistar, aun los crudos corresponsales de guerra estaban bajo el encanto de este hombre de indescifrable, hundida y rojiza mirada. Un grupo de los ayudantes procede a acercar la grúa y su contenido con una barrera de sogas previamente preparada, estableciendo de esta manera un perímetro de algunos diez pies de espacio como la distancia máxima de acercamiento a la jaula.

Por fin llegó el momento, el alcalde sube a la plataforma de la grúa junto con tres de ayudantes. Nuevamente la tensión sube hasta niveles estratosféricos. Cada uno de los cuatro héroes de la humanidad toma con sus manos una parte de la gruesa manta que cubría la jaula, para proceder, a la voz del alcalde, casi en una perfecta sincronización, casi como si lo hubiesen ensayado, a descubrir el nefasto animal (si es que se podía catalogar como tal).

La visión del engendro dejó a todos boquiabiertos, al remover la gruesa manta un fétido y espeso olor se esparció como gruesa, pesada e invisible neblina que lentamente fue filtrándose por cada espacio vacío del lugar. Hasta los más fuertes vuelven a ser sacudidos por lo dramático del momento, por el hedor y por aquello que tenían delante de sus ojos. Los fogonazos de las cámaras fotográficas iluminaban con sus destellos la escena, la luz de los aparatos de filmación incrementó la iluminación del área a niveles de estadio de béisbol. Desde afuera la imagen de la estructura parecía estallar por el efecto de los intermitentes y variantes niveles lumínicos.

Luego de los impactantes momentos iniciales todos pusieron su vista en el capturado ser. Este, envuelto en sus alas, estaba ubicado en la parte de la jaula más próxima a la cabina de la grúa, o sea, lo más alejado de la gente que podía en su actual y precaria situación. Tal parecía que su único refugio y defensa en este momento lo eran la cubierta que le brindaban sus alas. De esta manera, la primera, la más cercana imagen que el mundo pudo tener del Chupacabras fue la de alguien acurrucado, indefenso, cansado y al parecer derrotado, muy contrario a las imágenes vistas cuando golosamente succionó al desdichado animal de la trampa de las parcelas Campo Rico y destrozó la misma con fiereza y poder. Tampoco exhibía aquel poder paralizante y dormilón que tanto impresionó al alcalde.

Continuaron los periodistas con sus labores, a pesar del gran dramatismo del momento la agitación nunca excedió la de aquellos eventos que se dieron en las parcelas Campo Rico y en el Barrio Guzmán, más bien se podía decir que la firme presencia del alcalde era el control en el lugar. La inmensa multitud que rodeaba el lugar y miraba los acontecimientos en las dos pantallas gigantes, estaba en completa obediencia civil, casi perfecta. Aun aquellos que se habían quedado esperando en el lugar, cuando el alcalde partió hacia el Barrio Guzmán, estaban extrañamente casi sobrios.

Dentro, el Chupacabras no parecía reaccionar a nada, permanecía enconchado, cubierto por sus alas, inmóvil. Desde aquella impresionante sacudida inicial con la jaula cubierta en el momento que llegaron, luego que fuera descubierto, el engendro permanecía inerte, casi como si fuera un gigantesco muñeco de plástico brilloso y colorido, casi como muerto.

A nivel mundial comenzaron de nuevo a hablar los "expertos" en todos los "Talk Shows", los comentarios de los escépticos no tardaron en taladrar los oídos con sus denuncias de fraude, argumentando que era un muñeco bien fabricado lo que estaba en la jaula. Los frikies de lo paranormal continuaban defendiendo la realidad de los hechos e interpretando la inmovilidad del Chupacabras como un mecanismo de defensa. Los militares seguían en alerta y los gobiernos del mundo estaban comenzando a interpretar los acontecimientos como una soberana cogida de tonto de sus enemigos, cuales fueran los de cada uno; todo para probar sus agencias de inteligencia y su capacidad de reacción ante una emergencia. Los talibanes, Al Quaeda y el DAESH emitieron amenazas contra el Chupacabras clasificándolo como un demonio de los tiempos del fin, lo cierto es que el mecanismo de la morbosidad ya estaba a toda capacidad.

Un batallón de periodistas, científicos, editores de revistas, millonarios curiosos y todo aquel que pudo, estaban en vuelo hacia Puerto Rico desde todos los rincones de la tierra en cuanta cosa podía volar. También por mar ya se habían congestionado los alrededores de la isla. El atareado aeropuerto

Muñoz Marín no tenía la capacidad para atender la masiva invasión que se avecinaba, se prepararon los aeropuertos de Aguadilla y Ponce, y el de la antigua base naval de Roosevelt Roads se abrió para atender tal emergencia. El gobierno de los Estados Unidos, en un momento dado pensó activar toda su fuerza aérea para desviar esos vuelos ante el temor de un ataque terrorista, cosa que no hicieron ya que recibieron garantías incesantemente desde todos los consulados garantizando la buena fe de los mismos. El gobierno de turno en Puerto Rico estaba de plácemes pensando que por fin podrían sacar de la eterna crisis económica al país. El Senado y la Cámara se convocaron después de salir de la fortaleza a una sesión súper extraordinaria para hacer del Chupacabras un nombre registrado, para crear nuevas leyes de impuestos sobre el uso del nombre, y para declararlo oficialmente como hijo predilecto de Puerto Rico ante el temor de que otras naciones lo reclamaran primero. Toda documentación fílmica, fotográfica o investigativa sobre el Chupacabras desde ahora sería fuente de ingreso estatal.

De pronto un ruido ensordecedor y en aumento se monta sobre las cabezas de los allí presentes. Más de 20 helicópteros de los Navy Seals y otros grupos de fuerzas especiales llegan en una operación militar de alta calibración, las sogas bajan desde los cielos y desde las alturas comienzan a caer docenas de comandos equipados con la última tecnología castrense sobre ellos. En tierra ya estaban, no una como se había pensado, sino tres de las mejores unidades de los Men in Black, abriéndose paso con autoridad hacia el área.

De nuevo la agitación mundial se elevaba a lo máximo. Las fuerzas militares trataron de bloquear las emisiones electrónicas usando tecnología de última generación, pero algo falló y no pudieron detener la transmisión mundial, así que este operativo estaba siendo visto en todo el mundo. Dentro del recinto, donde estaba el Chupacabras, este parece despertar ante la inminente entrada de los equipos militares y de los Men in Black. Se levanta imponente dentro de la jaula y con una fuerza descomunal la destroza como si fuera de papel y queda libre. Se para en la plataforma de la grúa mirando hacia la multitud con sus ojos reptilianos enrojecidos que parecían botar flamas en su mirada. Abre imponentemente sus alas dejando ver lo que parecían ser unas cortas pero fuertes manos en cuyos dedos lucían unas amarillentas y fuertes garras. Un cuerpo semiencorvado, montado sobre dos imponentes y fuertes patas o piernas que finalizaban en unos pies con largísimo dedos, le daba una estatura como de algunos cuatro pies. El tono multiverdoso de su piel se parecía mucho al de las iguanas acentuando su imagen reptiliana. Pero lo más impresionante ocurrió cuando abrió amenazadoramente su boca llena de lo que parecía ser varias hileras de finos y blancos colmillos. Del centro de su boca, bajo su lengua, salía y se retraía un baboso tubo cartilaginoso que aparentaba tener en su parte frontal unas aguzadas puntas, al parecer óseas. Presentaba también muchas y pequeñas perforaciones dándole la apariencia de un cedazo. Este tubo doble se proyectaba fuera de su boca como 10 pulgadas y en su extremo ambas partes parecían separarse, saliendo una de adentro de la otra, mientras parecía apuntar con ellas a las personas como escogiendo su próxima víctima. Su lengua corría sobre ese extraño tubo llegando hasta el extremo, para volver a recogerse dentro de la boca, todo mientras emitía un extraño silbido apenas perceptible que causaba estupor. De momento salta de la plataforma y casi como flotando se llega hacia una persona que yacía desmayada en el suelo. Nadie podía hacer nada, aquel que no estaba desmayado se encontraba prácticamente paralizado por el temor y los primeros hombres de "Men in Black" que pudieron entrar protegidos con cascos especiales, trataron de socorrer a la aparente víctima, pero solo para ser lanzados por el aire como si fueran muñecos de trapo. El sonido de las cámaras funcionando, instaladas en sus trípodes, era lo único que rompía con la solemnidad del momento.

Rápidamente, como un celaje, como saliendo de su estupor, el alcalde reacciona y de un descomunal salto se interpone entre el Chupacabras y la aparente víctima. A todo esto, su famoso sombrero permanecía inmutablemente colocado sobre su cabeza, como un símbolo inalterable y sólido de su figura. Se para frente al animal haciéndole con su mano derecha la señal del detente mientras con la izquierda, tendida hacia atrás de su cuerpo, trataba a tientas de cubrir el cuello de la persona desmayada. En el mundo fue mucha la gente que cerró sus ojos y no pudo ya ver más, otros simplemente se salieron de las habitaciones cubriéndose con ambas manos la vista, ya era demasiado, la resistencia de la gente se estaba agotando, la velada había sido muy intensa, tal vez demasiado. El mundo entero estaba al borde de un colapso.

El Chupacabras, en un instante, parece reconocer en el alcalde a su némesis, a su conquistador, y se detiene aplacando su actividad; titubea, da un giro, se eleva sobre el suelo, y raudo sobre las cabezas de los allí paralizados se dirige volando hacia el techo de metal perforándolo con su cuerpo como si hubiese sido hecho de tela de papel. Todo esto como queriendo dar una demostración de su poder, pues la cancha de baloncesto bajo techo de la comunidad a la cual fue llevado no tenía paredes laterales, pudiendo "escaparse" fácilmente por uno de sus lados.

Ahora sí que esto era demasiado, los sistemas de inteligencia mundiales estaban en brote, en el archifamoso y destacado Mosad se concluyó que solo un robot de alta tecnología podía haber hecho algo así. En Japón, donde la robótica está sumamente adelantada, estaban atornillados a las paredes pues entendían, o por lo menos creían, que ninguna nación tenía tal capacidad, cuanto menos entonces un sencillo alcalde de pueblo pequeño. De esta manera el Chupacabras se les fue de las manos a las autoridades escapando otra vez al misterio de su libertad, a su existencia de interrogantes. Afortunadamente todo había sido filmado y transmitido por todo el orbe, de manera tal que estas grabaciones nunca pudieron ser confiscadas y pasaron a ser patrimonio de la humanidad.

Aparte del asombro y de la infinita nueva serie de interrogantes surgidas, lo que siguió después fue la locura, las autoridades trataron de arrestar al alcalde para fines de investigación, pero la multitud no se los permitía. Tuvo nuevamente el alcalde que aplacar las protestas y amenazas de la ya casi descontrolada turba para poder ser subido, enganchado por un cable a uno de los helicópteros, desapareciendo de esta manera hacia lo desconocido. Pero el alcalde estaba confiado y se sabía seguro, pues la humanidad era su compañía.

Capítulo 6

En el Palacio de Santa Catalina

De momento unas voces desde el pasillo despiertan al nuevo y flamante gobernador, terminando así un agradable recorrido de recuerdos en brazos de Morfeo.

—*Gobernador, Gobernador, ¿está bien?*— (le interrumpe la voz de Mayito, unos de sus principales amigos y miembro del círculo de seguridad, que había entrado a investigar por su tardanza).

El ahora gobernador, ya aliviado de sus cargas biológicas, sale de su letargo y de su concentración y se recompone para salir de nuevo a la última parte del desfile triunfal inaugural.

—*Todo está bien Mayito, gracias como siempre.*

Sale de nuevo el gobernador hacia donde estaba la multitud esperándolo. Tan pronto asoma su figura la ovación se reanudó con la misma energía con que había comenzado el desfile. El entusiasmo del público no había decaído, nuevos horizontes se abrían ante los ojos de todos los puertorriqueños al igual que para el resto de la humanidad. Presidentes, gobernantes, primeros ministros, miembros de la realeza, príncipes y princesas del mundo habían venido o enviado importantes dignatarios a estas celebraciones que estaban siendo transmitidas a todo el planeta. Los regalos que le hacían procedían de todos los lugares de la tierra y algunos eran tan exóticos como estrambóticos, casi igualando de esta manera los hechos relacionados a los eventos que le dieron tanta popularidad. Uno de esos regalos fue el de un jeque petrolero que le quiso reconocer con la construcción de un palacio en el islote artificial en la bahía de San Juan, incluyendo un harén, alfombras persas y decoraciones con enchapes de oro en las paredes, además de un trono en la sala principal. Un jefe de una tribu esquimal le quería regalar un igloo con refrigeración mecánica y un bosquimano del Kalahari una botella de Coca Cola. Entre los favoritos del gobernador estaba un balón de balompié firmado por Messi y la replica de un misil intercontinental tamaño natural enviado por el presidente de Corea del Norte. Este último le pareció bien se podía instalar en el lado de la bahía perteneciente a Cataño, justo donde el Amolao quiso una vez instalar la estatua de Colón. También de Irán le enviaron una centrífuga para enriquecer Uranio con una notita pegada que decía, *"¿Solo para fines pacíficos?"*. Así que, desde orejas de toros cortadas por matadores españoles y lombrices de carreras de Australia, pasando por sapos campeones de brincos y sopa enlatada de aletas de tiburón, los regalos y obsequios fueron tan variados que para clasificarlos y organizarlos hubo que contratar un curador de museos.

Vuelve el héroe a montarse en su Cadillac rosado solo pensando en terminar su primer día como gobernador, pues estaba aún muy cansado a pesar de que disfrutaba del reconocimiento. Continúa entonces la caravana, sale del área de Miramar hacia la parte final de las actividades programadas para el día. Solo faltaba una parada más en el capitolio para una corta ceremonia protocolar y luego al descanso muy merecido en el palacio de Santa Catalina. Todavía le esperaban días grandiosos, pues las actividades del protocolo de la toma de posesión tuvieron que ser extendidos por dos semanas adicionales debido a la gran cantidad de dignatarios presentes desde todos los confines de la tierra, y también porque todos y cada uno de ellos deseaban estrechar personalmente la mano del héroe mundial y el gobernador los quería complacer. De esta manera, los organizadores de las actividades, a petición del héroe, decidieron asignarle turnos por orden alfabético y tiempo suficiente a cada uno de ellos.

Pronto llegó la caravana al capitolio donde se había montado una gran tarima en la cara norte. El héroe ya muy cansado parecía quedarse dormido en la cómoda y destacada silla que le fuera especialmente asignada. El cabeceo era muy notable debido al efecto sombrero, ya que no se lo apeaba ni en las cuestas. La letanía y cacofonía de las figuras locales que desfilaban por el podio, aunque nadie podía negar la sinceridad de los discursos, simplemente era mucho para la ya debilitada resistencia del gobernador. Ya a estas alturas del largo día el gobernador solo quería irse a descansar y su sentir era de puro agotamiento. Uno de sus más cercanos ayudantes, Tito Guaraguao, apodo que se ganó por cazar desde su juventud en el barrio Cubuy a esta emblemática ave y que también fue uno que lo acompañó en el traslado del capturado Chupacabras, se dio cuenta de que su jefe estaba quemando sus últimos cartuchos de energía y pidió al organizador de la actividad que cortara los discursos, que ya más adelante, de acuerdo a su atención para todos, el nuevo gobernador los citaría para escucharles personalmente. Inmediatamente el moderador de la actividad procedió, con mucho gusto, a dar por terminada las actividades del día. La gente, los invitados de honor y los dignatarios de todo el mundo, todos sumamente complacidos procedieron a retirarse, sabiendo que este hombre jamás los defraudaría y que les atendería a todos y cada uno de ellos.

Finalmente llega al palacio de Santa Catalina ya anocheciendo, pasa algunos 15 minutos saludando a la multitud desde el balcón principal de la Fortaleza y se retira a sus habitaciones dormitorio, pero no sin antes pedirle a la gente congregada que regresaran a sus hogares a descansar, cosa que todos obedecieron sin pestañar y en total contentura. También dio instrucciones a sus ayudantes para que nadie le interrumpiera el sueño, pero que estuvieran atentos por cualquier necesidad que surgiera y que se pudiera resolver desde allí.

Por fin la anhelada y gigantesca cama. Después de asearse cae como un plomo en su lecho de descanso quedando al instante como por arte de magia, profundamente dormido. Casi inmediatamente vuelve a soñar, con toda fidelidad, la repetición de los hechos iniciales, aquellos donde por primera vez fue que él se sintió conectado con el Chupacabras. Y así soñó...

Capítulo 7

Las Extrañas Notas

—*"Oye Yeya...* —(llamando a su secretaria, confidente y amiga de su infancia mientras caminaba fuera de su oficina con un periódico en sus manos)

—*...la vaina esta sigue en to's laos, mira lo que dice en el periódico. "Misteriosa muerte de 7 gansos en una residencia de la urbanización Los Ángeles de Carolina". ¿Qué rayos será lo que está pasando?, escucha como sigue la noticia.*

"Siete gansos de raza amanecieron muertos en el patio de la residencia de la familia González en la urbanización Los Ángeles, localizada frente al aeropuerto internacional de Isla Verde. Las aves, que el Sr. González criaba, fueron encontradas por el hijo mayor de la familia cuando en horas de la mañana fue a alimentarlas como de costumbre. Según nos contó, lo primero que le estuvo raro fue no escuchar el graznido que estos emitían al saber que su hora de alimentación se aproximaba. Fue entonces

al llegar al patio trasero que vio los cuerpos tirados e inmóviles, los cuales, una vez pasada la impresión inicial, examinó uno por uno. Todos tenían una extraña perforación justo donde se unía el cuello al tronco del cuerpo y parecían estar totalmente desangrados. Pero lo más que le llamó la atención fue que nadie en la casa escuchó absolutamente nada, ni siquiera don Pepe, su señor padre, quien tiene el sueño muy liviano y que duerme justo al lado de la ventana que...” **(continuó leyendo la noticia hasta el final).**

Yeya: *A la verdad que últimamente están pasando cosas raras en este país. Y hablando de cosas raras tiene que ver lo que le dejaron los hijos de Luis Gómez, el de Guzmán Arriba. Ellos dicen que estaban pescando buruquenas anoche en la quebrada que está entre los barrios Cubuy y Guzmán Arriba, y que alguien, del que solo pudieron ver como una sombra, les tiró con una piedra envuelta en una bolsa plástica que contenía dentro una nota. Dice que la bolsa les cayó justo al frente de una buruquena que tenían alumbrá y que estaban ya a punto de pescar.* **(le entrega el extraño paquete que contiene el papel doblado y una piedra chino de río)**

Yeya (continúa): *Ellos cuentan que salieron de allí asustaos como alma que se lleva el diablo, pues sintieron como un silbido suave que les estaba produciendo como un sueñito y prefirieron correr como desesperados hasta la carretera to's magullaos y enfangaos. Cheo, el menor de los dos, me dijo que se sintió impulsado a coger la bolsa que les tiraron y ya saliendo del lugar en el carro, la abrió y notó el extraño y ya conocido símbolo en la nota y también escrito con unas letras raras lo que parecía decir "Alcalde", así que te trajeron todo.*

El alcalde toma el mensaje y se encierra en su oficina. Ahora si que las cosas se le estaban poniendo color de hormiga brava. Esta no era la primera, sino la quinta de esas misteriosas notas que recibía, aunque sí la primera que tomaba con seriedad. Ya era demasiado para ser una broma, de alguna manera estaba en su mente relacionando las notas que había recibido con los eventos de los animales muertos, actividad que ya se había salido de proporción y que también se estaba dando en otros países cercanos Puerto Rico. Este fenómeno, que se había iniciado fuera de Puerto Rico, había sido bautizado por un local humor-comentarista de radio y televisión, como El Chupacabras, y ya estaba tomando notoriedad mundial. También le preocupaba que los animales de su municipio, por alguna razón, parecían ser los favoritos de lo que fuera se los estaba chupando. Por estas razones, a pesar de no haberlo tomado tan en serio al principio, ya había realizado varios safaris de cacería por el territorio de su municipio, todo con el propósito de mantener sus votos y de hacer ver que estaba trabajando, siempre cercano las elecciones. El asunto es que lo que estaba sucediendo, estaba poco a poco atrayendo la atención sobre su persona de tal manera, que hasta de Japón vinieron corresponsales de prensa para seguir sus hazañas como el cazador del Chupacabras. La prensa local también le dio una buena cubierta a sus actividades safarísticas y a la metodología de sus trampas. Fue de esta manera que su figura y su empresa comenzaron a tomar la relevancia que posteriormente le harían convertirse en el gobernador político de los puertorriqueños y en el héroe de la humanidad.

Sentado en su escritorio, nerviosamente toma la nota y con mucho cuidado la saca de la envoltura plástica. Yeya milagrosamente no la había husmeado pues ya estaba cansada de todo este vacilón. La abre y nota de inmediato el extraño símbolo que todas llevaban y la similitud de la rara pero legible letra, con la de las notas anteriores. Cuando la lee encuentra exactamente el mismo mensaje: "solo, en tres días, 12 PM, el Toro". Un miedo tétrico recorrió su espina dorsal, un sudor frío bajaba por su frente. ¿Quién o quienes eran los atrevidos que le estaban enviando estas notas, cuales eran sus intenciones, se lo diría a la policía o lo retendría para sí? ¿Si escogía llamar a la policía, podría dar la imagen de estar medio loco afectando su figura en el próximo proceso eleccionario? Estando cavilando en esto de momento se dio cuenta, así como un golpe de luz, que todo había comenzado con las primeras incursiones del llamado Chupacabras en su territorio municipal, y que la primera nota la recibió de un vecino del barrio Lomas cuyo automóvil se le había dañado una noche, precisamente en la carretera 186 cerca de la vereda que conduce a través del bosque hacia el Pico el Toro. Este le contó que mientras esperaba al Indio que venía a recogerlo con su grúa, sintió un fuerte golpe en la carrocería de su auto pero que no se bajó por temor a lo desconocido y por temor a la densa oscuridad. Solo fue cuando llegó el Indio a hacer el remolque, que mediante las potentes luces de la grúa pudo ver una bolsa plástica con una piedra dentro, que contenía una nota con un extraño símbolo. Pero lo más curioso fue lo que le pareció a Yeya el raro símbolo; lo que se le antojaba como el rostro siempre vigilante de uno de los muñecos

("Minions") que salen en la película "Despicable me". Estas notas también tenían la palabra "Alcalde" escrita como para no dejar dudas sobre su destinatario. ¿Sería toda una coincidencia o habría algo real detrás de todo esto? ¿Qué significaría ese símbolo que aparecía en cada nota?

Comienza a hacer un recuento en su mente de las extrañas notas y pronto se da cuenta de que a pesar de que el fenómeno se había ya manifestado en otros países cercanos, e inclusive en algunos otros pueblos de la isla, solo en su municipio habían aparecido esas notas. Así que luego de una intensa pero corta sesión de pensar profundamente en los extraños sucesos, decide, para no volverse loco, llamar a su gran amigo, Tito Guaraguao, con quien ya había compartido algo de las notas anteriores. Tito era su confidente en estos menesteres por varias razones, primero por que era un muchacho sencillo y confiable, segundo porque se conocía muy bien el área por haberse criado en el lugar, tercero por que le hizo jurar guardar silencio de todo esto antes de decírselo y cuarto, por que le gustaba su hermana.

Ya reunidos esa noche en la casa del alcalde analizan la situación y contemplan varias posibilidades de lo que pudiera ocurrir. Finalmente llegaron a la conclusión de que algo o alguien, quería de alguna manera citar al alcalde a un encuentro en las tinieblas en un lugar completamente solitario y deshabitado. ¿Pero quién o qué y para qué? ¿Qué ganaría el alcalde arriesgando su vida en una aventura que no tenía sentido y de la que solo contaban con unas misteriosas notas como referencia? ¿Por qué el alcalde y no otra persona? Lo cierto era que tan solo pensar en asistir a tal encuentro era una temeridad.

Para tener un cuadro más claro de la situación prepararon ingeniosamente la siguiente tabla para realizar su análisis.

#	Notas	Lugar de hallazgo
1	"solo, en tres días, 12 PM, el Toro"	Car. 186, entre Guzmán y Cubuy
2	"solo, en tres días, 12 PM, el Toro"	Matanza de aves de corral, Bo. Lomas
3	"solo, en tres días, 12 PM, el Toro"	Camión municipio, car. 186
4	"solo, en tres días, 12 PM, el Toro"	Matanza de un perro en Campo Rico
5	"solo, en tres días, 12 PM, el Toro"	Quebrada car. 186

No hacía falta ser demasiado inteligente para darse cuenta de la relación que había entre la manifestación del fenómeno y las notas, el destinatario, los lugares, y su intención de citarle. Fue entonces al organizar la información en forma de tabla que pudieron deducir fácilmente que todo estaba relacionado con el alcalde, el fenómeno del Chupacabras y con el solitario tramo de la carretera 186 entre los barrios Guzmán y Cubuy. Les extrañó en gran manera que en cada una de las notas se le diera un lapso de tres días después de haber recibido el mensaje para llevar a cabo el encuentro. Esto les generó una sospecha, pues, ¿cómo el emisor sabría que el alcalde había recibido la nota y que estaba dispuesto a asistir para de esta manera saber cuando esperarlo? De momento le surge a Tito una inspiración, —*Debe ser que vive por ahí*—, gritó emocionadamente. —*¿Pero dónde?*—, le contestó el alcalde, —*si toda esa área pertenece al*

Servicio Forestal Federal y más solitario no puede ser. De todas maneras, se pusieron a elaborar un plan ya que, a partir de este momento, solo tenían dos días para decidir si el alcalde asistiría o no al misterioso encuentro.

Capítulo 8

El Encuentro

Decidieron jugársela fría, la curiosidad podía más que el miedo que el alcalde sentía y prepararon su plan. Lo primero que harían sería violar la condición de ir solo, ni pal cará el alcalde estaría sin defensa ante lo desconocido. Para estos fines hablarían con un primo de Tito, Mayito el Barón, (este había participado en la lucha libre pueblerina, donde tomó el nombre de batalla "El Barón") y los tres estarían armados hasta los dientes. Tito y Mayito llegarían con el alcalde y se esconderían entre la maleza, ambos armados con sendas escopetas y potentes linternas de baterías, de las de 2 millones de bujías de potencia, mientras el alcalde se pararía frente a la entrada de la vereda que conduce al pico el Toro, el más alto de la sierra de Luquillo. Además, los tres portarían pistolas de nueve milímetros por si acaso.

Al día siguiente hablaron con Mayito y este como le gustaba la aventura y como era buenagente de corazón, rápidamente aceptó. Claro está que a pulmón pelao no irían, necesitaban, y ellos lo sabían muy bien, una buena dosis de valor la cual pensaban adquirir tomando la bebida de los machos: el famoso Chichaíto, una mezcla de ron con anís estrellado que le hacia ver meteoritos centellantes a cualquiera. Así que en el resto del día se dedicaron a preparar seis botitas de cuero con el mágico contenido que les daría el valor suficiente para desenmarañar este incipiente misterio. Lejos estaban ellos de saber que el misterio pronto arroparía a toda la humanidad.

Rápidamente les llega el día y el alcalde se lo tomó libre dejando a Yeya a cargo del municipio, mientras tanto él, Tito y Mayito comenzaron los preparativos para la emocionante noche que tenían por delante. Pasaron disimuladamente en varias ocasiones por el lugar de encuentro para arreglar la logística de su aventura, ver las posibles rutas de escape, los lugares donde se podían proteger en caso de que todo se pusiera peligroso, ver los lugares donde Tito y Mayito estarían escondidos y finalmente echarle un ojo a todo el escenario a la luz del día. Luego, para que ninguno se rajara, se pasaron el resto del día viendo muñequitos y jugando en el Play Station. Ya por la tarde comenzaron a calentar los motores ingiriendo cervezas, para por lo menos dos horas antes de la acción comenzar a ingerir el elixir de la valentía.

Finalmente llega la hora de partir hacia el sitio de reunión. Tito y Mayito fueron dejados por el alcalde unas dos horas antes en el lugar y tomaron posición en sus escondites al otro lado de la carretera, justo frente a donde comienza la vereda que conduce al pico El Toro. Una vez allí, bien abrigados, esperaron al alcalde ya que este llegaría solo cinco minutos antes de la medianoche para aparentar estar solo. Así lo hicieron, y a pesar de haberse tragado cada uno de los tres la primera bota de valentía, no obstante, el frío y el nerviosismo los mantenía despiertos y alertas. El sitio estaba tranquilo, una leve llovizna y la neblina que ocasionalmente cubría el sector le daban un pequeño aspecto misterioso al lugar. Los coquíes y otros habitantes nocturnos estaban a sus anchas dejándose escuchar armoniosamente, solo algún sapo, de esos vulgares gritones, interrumpía ocasionalmente el clásico concierto de las noches de Borinquen. La oscuridad era casi total, lo que realzaba la belleza de los cucubanos mientras adornaban la noche con sus espectaculares trazados de luz. La limpia y fría brisa de la montaña se colaba por entre la vegetación donde se hallaba escondida la protectora pareja, acariciándoles delicadamente. Todo esto les hizo olvidarse momentáneamente de la razón por la cual estaban allí, y ambos se relajaron transportándose imaginariamente a los tiempos de su niñez, cuando salían de noche a las quebradas de su barrio a pescar camarones y guábaras, para luego devorarlos en un sabroso asopao que les preparaban sus queridas abuelitas.

De momento ven las luces de un vehículo acercarse por la oscura carretera, ya casi era la hora de reunión. ¿Sería el alcalde o la otra persona esperada? Ambos pusieron en alerta todos sus sentidos, especialmente la audición. Sus corazones corrían aceleradamente casi queriéndose salir de sus pechos. Jadeaban intensamente mientras observaban al vehículo estacionarse a la otra orilla del camino, como a unos cien pies de la entrada a la vereda del pico El Toro, que era el punto de reunión. Se apagan las luces del vehículo y todo queda en total oscuridad. Del mismo se baja una siniestra figura encapuchada la cual notan brevemente cuando abre la puerta y se encienden automáticamente las luces del interior. Al sonido de la puerta cerrarse se extinguen las débiles luces interiores del vehículo y todo queda nuevamente en la más oscura de las noches. Dos cortas y rápidas señales de luz, emanadas de una pequeña linterna, les dejan saber que era el alcalde, entonces respiran aliviadamente. Ahora solo falta esperar a la otra parte.

El alcalde camina temblorosamente hacia el punto de reunión, se para nerviosamente en la entrada de la vereda y se esconde detrás de un árbol como para no ser sorprendido. Su mano estaba empuñando el mango de la nueve milímetros, mientras con la otra y con su respiración entrecortada por el temor, trataba de darse un abundante trago de la botita de cuero. Solo el saber que sus amigos estaban guardando su seguridad le daba un poquito de valor. Pasaron cinco minutos y ya era la hora señalada; la carretera estaba desolada y no había señal de ninguna otra cosa viviente aparte de las criaturas nocturnas en su sinfonía. Todo le parecía estar tan normal que comenzó a pensar que todo había sido una pesada broma, este pensamiento trajo a él cierto grado de alivio, aunque también un poco de enojo. Estando ya casi por llamar a sus amigos para salir lo más rápido posible del sitio, de momento se escucha un movimiento proveniente de la espesura, no de la carretera como lo esperaban.

El concierto nocturno se detuvo repentinamente, todo se paralizó y un imponente silencio se apoderó de todo el lugar. Presa del pánico el alcalde trata de salir de su escondite para correr hacia donde sabía se hallaban sus amigos, pero sus piernas no le respondían, estaba como paralizado. Un silbido casi imperceptible era todo lo que podía escuchar ahora y al mirar hacia la espesura pudo distinguir un objeto oscuro, un poco mas bajo que él y unos terribles ojos que le miraban fijamente emanando de ellos un temible rojizo resplandor. ¡Estaba a merced del temible Chupacabras!

El alcalde no podía pensar con claridad a pesar de que su sentido de sobrevivencia se encontraba en alerta roja, estaba totalmente aturdido y quería escapar, pero el cuerpo no respondía a sus deseos. Un intenso terror se apoderó de toda su existencia, sudaba copiosamente y sus latidos se aceleraron tanto que le parecía que su corazón no resistiría más. Su última esperanza estaba cifrada en la intervención de sus amigos, pero estos nunca llegaron pues desconocía él que ambos estaban sumidos en un estupor que los había desconectado de la realidad.

De pronto, siente un incontenible impulso de caminar hacia la criatura. El horrible pánico inicial había causado que involuntariamente se le vaciaran sus dos contenedores biológicos, pero aun así continuó acercándose lentamente hacia aquella siniestra silueta que le esperaba en la oscuridad. Ya estaba muy cerca, tan solo unos pocos pasos separaban a ambas especies. El primer encuentro del Chupacabras con un humano estaba por darse y los resultados de dicho encuentro todavía repercuten por todo el planeta.

Mientras se acercaba, el silbido se le antojaba cada vez más placentero, extrañamente parecía hasta agradarle. Esa sensación de un gran pánico inicial pronto fue cambiada por una relajante paz. El suave sonido que emitía la criatura causaba estupor y relajamiento en su ánimo. Todo, o casi todo el arsenal químico que su cerebro tenía a la disposición para cuando fuese necesario crear un estado de relajamiento extremo, estaba ahora en el torrente sanguíneo del alcalde. Desde este momento el alcalde solo quería avanzar rendido hacia lo que le parecía deseable, casi como un o una amante que camina placenteramente a entregarse en los brazos del ser amado, o como el infante que corre presto al abrazo de su madre. ¡El alcalde estaba experimentando en carne propia la facultad dormilona del ente! De ese momento en adelante ya el alcalde no supo más y la realidad es que tampoco le importaba.

Capítulo 9

El Amanecer de un Nuevo Día

Los tenues primeros rayos de luz del amanecer finalmente comenzaron a disipar paulatinamente su desvanecimiento, extrañamente el alcalde disfrutaba de una relajante sensación de haberle ocurrido algo maravillosamente placentero. Se le antojaba haberle sucedido algo inexplicable y sobrenatural, pero a la misma vez familiar, casi como paternal o maternal. La realidad era que no podía distinguir exactamente entre cual de estas dos sensaciones, solo sabía que estaba cómodo, muy cómodo, acurrucado entre la vegetación donde había ocurrido el encuentro.

Mientras tanto, Tito y Mayito despertando de su estupor se levantan de su escondite. Inicialmente ambos, extrañamente no se sentían apremiados, pues de alguna manera sabían que todo estaba bien, que nada de lamentar había ocurrido. Cuando finalmente logran incorporarse del todo, recuperando sus sentidos y volviendo todos sus sistemas defensivos a su particular normalidad, mirándose a los ojos exclaman al unísono, —¡El Alcalde! Inmediatamente salen corriendo, ayudados por las primeras luces del día que ya aclaraban el panorama, para llegarse al lugar del encuentro, ¡habían estado sumidos en su letargo por lo menos seis horas!

La corta distancia que les separaba del lugar donde había estado el alcalde les pareció enorme y gigantesca. Una vez en el sitio no vieron al alcalde por ningún lado, la desesperación, que ya les estaba comenzando a abrumar, no les permitió que pudieran ver al alcalde que todavía no se había incorporado del todo y que se hallaba acurrucado en posición fetal muy cerca de ellos. Fue Mayito quien lo localizó un tanto internado en la vereda, hacia el lado más alejado de la carretera y a algunos veinte pies distantes de la posición donde se había acordado estaría para el encuentro. Toda aquella sensación de bienestar que habían disfrutado cuando despertaban, fue transformada inmediatamente en una de angustia en ambos amigos mientras se llegaban apresuradamente a su jefe. Pronto y para su alivio se dieron cuenta de que el alcalde estaba vivo, que se estaba estirando gustosamente y que se veía como una persona que recién está saliendo de un agradable descanso. También notaron que el suelo a su alrededor parecía cuidadosamente arreglado y que un cojín de hierba, hábil y delicadamente preparado, lucía bajo su cuerpo.

Una vez los tres incorporados y listos para salir, lo primero que hicieron fue llevar al alcalde a una quebrada cercana para que se asease como todo un buen hombre de campo, ya que el olor y color de sus pantalones delataban la ocurrencia de un desastre biológico. Mientras lo hacían, los tres estaban callados, cada uno esperando que el otro fuera el primero en hablar. Ninguno se atrevía a romper la frágil belleza de una misteriosa pero solemne sensación que les rodeaba. Nadie quería ser ese profano que les trajera a la realidad desde esa hermosamente delicada y mística vivencia. Sería algo así como violentar el sagrado y tranquilizante silencio en un campo santo con un vulgar e irreverente grito. Ninguno se atrevía ser el sacrílego que quebrara esa sensación de haber viajado a todo un mundo nuevo de raras, pero de hermosas sensaciones; nadie se atrevía a romper con el hechizo de haber estado en un lugar paradisíaco que todavía estaba tan reciente. Los tres habían experimentado el influjo dormilón del Chupacabras, a pesar de que Tito y Mayito nunca tuvieron el encuentro tan cercano como lo experimentó el alcalde. Lo importante era que todos estaban vivos, habían estado al borde de ser las primeras víctimas humanas, pero habían sobrevivido. Por alguna razón el ente los había respetado a pesar de haberles tenido a su merced. Pero la sensación mayor que les cobijaba, era una de sentirse maravillados y atónitos de haber estado frente al más grande misterio de la humanidad, todo mientras se preguntaban si algún día volverían a vivir algo semejante.

Al parecer ninguno quería regresar a la cotidianidad, a lo aburrido, a lo común, a los sinsabores de la vida rutinaria. Para el trío, después de haber vivido juntos todo el espectro del campo de las emociones humanas, después de haber estado inmersos en una experiencia única y haber regresado de ella, ahora se les hacía difícil volver atrás. Cada uno sabía que el otro había vivido algo extraordinario y que tenían una enorme curiosidad por saber que era lo que les había acontecido, pero ninguno podía decir a ciencia cierta lo que les sucedió, así que permanecieron callados hasta que Mayito, el más jovial y afable de los tres les increpa, —*¿Qué rayos fue lo que pasó? ¿Parece ser que el chichaíto nos explotó en la cabeza?*. Inmediatamente los tres estallan en una profana risa, donde dejan salir aliviados gran parte de la tensión acumulada por lo vivido.

Era el alcalde quien había tenido el impacto más profundo, pues se acordaba de todo mientras se acercaba a aquella siniestra figura hasta que perdió la conciencia en medio del estupor que experimentó. ¿Qué o quién sería lo que vio? ¿Sería el mencionado fenómeno del Chupacabras? ¿Qué sucedió en esas aproximadamente seis horas transcurridas, desde que perdió su conciencia hasta que sus amigos lo incorporaron? ¿Por qué no sentía miedo o estaba aterrorizado por la terrible experiencia vivida? ¿Por qué en cambio ahora solo tenía la extraña sensación de que todo, de alguna manera que no podía racionalizar, estaba perfectamente bien? ¿Tendría acaso Mayito la razón, sería el efecto del tónico de la valentía? Si fue solo eso, era materia fácil, ya que antes de estos hechos había tomado la decisión de dejar de consumir licor, pues se había dado cuenta el mucho daño que el alcoholismo causaba en la sociedad, especialmente por haberse tropezado con tantos problemas causados por esta mala costumbre entre las familias de su municipio. Todas estas preguntas fluían con celeridad en su mente. En cambio, lo único que sabía con certeza era que le tomaría algún tiempo conocer, si no bien todo, al menos en parte lo que les había sucedido en su loca aventura. Solo se interrogaba a si mismo acerca del tiempo que estuvo inconsciente, si es que en realidad lo estuvo, y sobre qué pudo haber pasado en esas horas perdidas, si es que en realidad fueron perdidas.

Una vez Mayito rompió el hielo ahora fue el alcalde el que comenzó a narrar todo lo que pudo recordar hasta el momento de su desvanecer. Esta aventura, lejos de aclarar el misterio, lo que hizo fue engrandecerlo aún más pues ahora sabían que estaban tratando con algo de veras extraño para lo que no tenían ninguna explicación. Por su parte, Tito y Mayito narraron sus experiencias personales, por cierto, muy similares, para las cuales tampoco tenían ninguna explicación. Le contaron al alcalde que estando ellos atentos con sus oídos a algún ruido extraño y vigilantes a los movimientos en la carretera, de momento sintieron el ya famoso suave silbo que les indujo a un reposo profundo y que no fue sino hasta el amanecer que despertaron, pero por igual con esa extraña sensación de que todo estaba bien. Entonces, unánimes a la proposición de Tito, decidieron irse a descansar a sus hogares para luego verse por la tarde en casa del alcalde y tratar de analizar los sucesos de la mejor manera posible. Y así lo hicieron.

Capítulo 10

Los Cinco Sueños
Reveladores (El Primero)

Ya en su hogar, el alcalde, extenuado por las intensas emociones, se da un buen y merecido duchazo y se acuesta a dormir. (Inmediatamente, dentro de su sueño, sueña que se queda profundamente dormido y que comienza a soñar el primero de una serie de sueños reveladores. Al principio le parecieron muy extraños, pero poco a poco le fueron acercando cada vez más a la figura del Chupacabras.) Entonces soñó, que soñó su primer sueño de una serie, y el mismo fue así:

Le pareció estar dentro de lo que le parecía ser una gran burbuja transparente que le llevaba a gran velocidad por el espacio interestelar. (Esta conclusión la sacó de la serie "Perdidos en el Espacio" de la cual era fanático, especialmente del robot, el de aquella primera serie, la que se hizo en blanco y negro). Frente a él había lo que tomó por un gran conglomerado de estrellas hacia las cuales le parecía dirigirse, especialmente a dos de ellas pues eran las que más crecían ante sus ojos. Finalmente se detiene en su vertiginoso viaje a una distancia tal que le permitía verlas desde un plano que a él se le antojaba ser desde arriba. Allí ante sus ojos, a una distancia que no podía precisar, estaban estos dos cuerpos celestes, perfectamente circulares e iguales en tamaño, y la y el uno frente al otro como dos estrellas gemelas. El tiempo pareció acelerarse ante su mirada y toda la formación estelar, según su mejor entender, cobró vida y movimiento. Ambos cuerpos emitían luz propia y parecían girar alrededor de un centro invisible entre ambas (lo que le daba la identidad de ser un sistema particular) mientras presentaban siempre la misma cara a ese centro y a ellas mismas. Luego pudo observar con más detalle otra esfera justo en el centro del sistema. Esta era mucho más pequeña, quizás como 1/16 del tamaño de las mayores (la única fracción que recordaba de sus años de escuela debido que fue a la edad de 16 años que tuvo su primera novia en serio) y que parecía orbitar en forma elíptica alrededor de ambas estrellas en una hermosa danza de entrar a la órbita de una mientras salía de la otra, exactamente por ese punto medio del sistema. También notó que la esfera pequeña recibía luz de ambas esferas simultáneamente, iluminándose desde la totalidad hasta aproximadamente dos terceras partes de su superficie dependiendo en que punto se encontraba en su recorrido. Algo que le llamó mucho la atención es que le pareció que esta esfera pequeña siempre daba la misma cara a una de las esferas luminosas mientras giraba a su alrededor, en cambio, mientras orbitaba la segunda le presentaba toda su superficie en una rotación que duraba lo mismo que su órbita. También notó que en los extremos o en las posiciones más alejadas de esta esfera pequeña con relación al punto central, solo recibía iluminación en la mitad de su superficie, debido a que una "estrella" eclipsaba la otra.

Despierta nuestro héroe de este primer sueño dentro del sueño muy sobresaltado y sin entender ni papa del mismo; total, que ya Mayito y Tito habían llegado a su casa desde el barrio Cubuy, pues la curiosidad y la impresión recibida les tenían muy inquietos. Además, ellos sabían que solo estando junto al alcalde, quizás en algún momento dado podrían conocer algo del agobiante misterio. Así que se reúnen los amigos nuevamente, sin ni siquiera saber que decir u opinar pues estaban totalmente sin ideas ni explicaciones de los hechos. Estando sentados cómodamente en el balcón, el alcalde les narra el sueño recién tenido a la vez que dibuja sobre un papel la extraña formación estelar de su sueño. Fue algo instantáneo, pero fue Mayito quien poniéndose de pie de un salto exclama: *¡Estoy seguro que ese sueño tiene que ver con los símbolos que están en las notas!*. Rápidamente, el alcalde corre adentro de la casa y trae consigo varias de las notas, desplegando cada una de ellas sobre una gran mesa. Todos quedaron asombrados por la similitud de los símbolos de las notas con el dibujo recién creado por el alcalde. ¡El trazado que realizaba la esfera pequeña en su extraña órbita alrededor de las estrellas gemelas, era recreado en el símbolo de las notas! —*Diantre...*— (pensó para si el alcalde)

—*ahora si que esto se acabó de complicar.* Allí mismo se juró jamás volver a probar el licor en el resto de su vida. El símbolo aparecido en las notas se veía así.

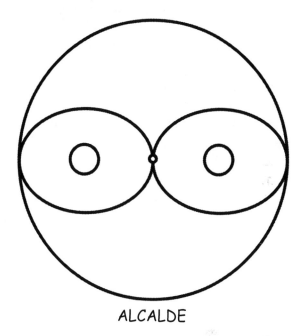

ALCALDE

Todo era demasiado de complicado para nuestros tres héroes que ya no sabían que hacer, así que para bajar la tensión recurrieron al mejor tranquilizante que conocían, ver los muñequitos o caricaturas, aquellos del tiempo de Pacheco y del Tío Nobel, de los cuales el alcalde tenía una colección personal que había sido conseguida a través del internet. Así pasaron este primer día después de la traumática pero interesante experiencia.

Pasaron varios días y todo parecía volver a la normalidad. El alcalde se había reintegrado a sus labores en la alcaldía y también ya estaba comenzando a dormir mucho mejor. A siete días ya pasados del evento el alcalde salió de la oficina sumamente descansado y relajado, había pasado un buen día donde todo le había salido bien y se dirigió a su casa con la intención de ver una buena película y luego acostarse temprano a dormir pues al siguiente día tenía una reunión con algunos caballistas de su municipio pues estaba planeando ir a la Fortaleza montado en caballo y vestido con un traje claro, escrito con notas por todos lados. La había gustado la idea de las notas y pensó ponerla en práctica. *Tal vez así me hagan caso esta vez en la Fortaleza (pensó el alcalde).*

Llegó a su hogar e hizo según lo planificó, ya como a eso de las diez de la noche se acostó a dormir y comenzó a soñar, soñando como estaba, el siguiente sueño:

Capítulo 11

Los Sueños Reveladores
(El Segundo)

Le pareció estar dentro de lo que le parecía ser un salón de clases **(Esto ocasionó que se revolcara en su cama, pues le trajo recuerdos de sus años escolares)** donde él era el único estudiante sentado en un pupitre del cual no se podía levantar a pesar de la ansiedad que esto le causaba. **(Esta parte también le inquietó, pues le trajo a la memoria su primer encuentro con el ente, el gran pánico que sintió originalmente y de cómo había perdido el control de sus movimientos)** Entonces en la pizarra, como por una mano invisible, comenzaron a aparecer unas frases en un español entrecortado:

dos jaulas grandes metal
cabras carnada
prensa
filmación satélite
noche campo rico

siguiente guzmán
luna llena
3 ciclos adelante
captura, héroe, gobernador

Despertó dentro de su primer sueño por causa de este dos veces segundo sueño (segundo en la serie y segundo por estar dentro del primero), el cual consideró de manera inmediata como corto, enigmático y extraño. Del primero no había podido entender absolutamente nada, pero de este segundo sueño lo que lo extrañó era tenía muchos elementos que le eran familiares. Las jaulas, las cabras de carnada, las parcelas Campo Rico y el Barrio Guzmán le eran conocidos. Esta idea de poner unas trampas con cabras como carnada ya la habían puesto en práctica en varios lugares del municipio en medio de algunos safaris que ya habían realizado hasta el momento. Las localizaciones señaladas en el sueño también les eran muy familiares por haber rodado por todas ellas desde su juventud y lo de la luna llena: *"Quien no sabía de esta preciosa fase de la luna y de su utilidad para el romance."*, pensó. Lo que no entendía era lo de los tres ciclos, lo de la prensa, la filmación, lo del satélite, la captura, el héroe y lo del gobernador. Esta vez, además de consultarlo con los ahora sus inseparables amigos de aventura quienes tampoco entendieron nada sobre lo de las fases, decidió consultar con su agorero favorito, un envejecido, fabricado y elegante entrevistador de los cuerpos celestes, muy popular en la televisión y que tenía un costosísimo servicio de consultoría telefónica. Éste era el favorito del alcalde quien leía sus predicciones diarias en el periódico.

Luego de reunir una considerable suma de dinero, el alcalde finalmente pudo consultarlo y esto fue lo que le dijeron: *Me parece que son instrucciones. Pero recuerda; las estrellas aconsejan, pero no obligan.* Así con este análisis les dejó patidifusos, confundidos e igual de ignorantes que antes, pero no sin cerciorarse una vez más de haberle cobrado todo lo requerido. Fue de nuevo Mayito, pues era muy perspicaz, quien lo puso en ruta de nuevo sugiriéndole que lo de los ciclos estaba relacionado con lo de la luna llena. Rápidamente se conectaron al internet y escribieron en el buscador, "ciclos de la luna", y así como por arte de magia se dieron cuenta de que un plan se estaba gestando y de que algo o alguien les estaba dirigiendo en la conducción del mismo y que se les estaba dando un plazo de tres lunas para su ejecución. Pero, ¿quién...? De momento, al unísono, como descubriendo la respuesta a la misma vez y como accionados por un resorte, exclaman asombrados: *¡El Chupacabras!*

Inmediatamente un gran temor se apoderó de ellos y de manera verdaderamente aterradora Tito Guaraguao dijo: *Anda pal cilete, ahora si que estamos chavaos. ¿Quién rayos será el Chupacabras, que será lo quiere hacer, peor aún, que es lo que nos quiere haceeeer?* (esta última frase con una connotación de desesperación). Ya estaban a punto de volverse locos cuando el alcalde, sin saber él mismo de donde lo sacó, les dijo: *Esperen un momento, vamos a coger las cosas con calma muchachos, si el Chupacabras nos hubiera querido chupar ya lo hubiera hecho, recuerden que nos tuvo dormidos y patas arriba en Cubuy. Yo creo que debemos tranquilizarnos y esperar a que ocurran más cosas. Quizás aparezcan otras notas o tal vez por medio de estos sueños podamos saber algo más. A mi personalmente lo que me asusta son los sueños, pues quién y como rayos logra comunicarse por medio de ellos. Uy, no quiero ni pensar en eso. De todas maneras, yo creo que si algo nos fuera a pasar ya hubiera pasado, ¿ustedes no lo creen así?* De esta manera pudo tranquilizar a sus amigos y un tanto a él mismo. Sin darse cuenta, el alcalde estaba entrando en una fase de dominio propio y de control de gentes, habilidades que luego resaltarían de manera notable más adelante en su vida. Así que decidieron cada uno irse a sus casas y esperar, pues si todo era como lo habían deducido, tenían un plazo de tres meses para actuar.

En el sueño primero transcurren dos semanas y de nuevo el alcalde estaba regresando a lo rutinario, excepto que un buen amigo de su infancia se había pegado en la Loto con una considerable suma de dinero y le invitó a unas vacaciones en Las Vegas. Como tenía suficientes días de licencia acumulados, ni corto ni perezoso quiso aprovechar esta oportunidad y raudo voló al famoso centro vacacional dejando otra vez en la alcaldía a su inseparable Yeya. Ya habiendo transcurrido varios días dentro de sus vacaciones, en unas de las noches pudo asistir a una cartelera de boxeo donde un gran peleador mexicano estaba enfrentando a un afamado gladiador oriental de ojos sesgados. Como la pelea resultó favorable al descendiente de los aztecas, su gran fanaticada se dio a una celebración casi sin precedentes en la capital de las celebraciones, o sea, estaban bailando en la casa del trompo. Allí, en medio de este magno festejo se hallaba el futuro héroe de la humanidad, quien sintiéndose tan identificado con nuestros hermanos mexicanos, como por arte de magia les tomó prestado su acento, y como siempre andaba con su inseparable sombrero pronto fue tomado por un rico hacendado norteño.

Ya de madrugada (¿qué es eso en la ciudad que nunca duerme?), sumamente cansado, nuestro héroe decidió irse a la habitación de su hotel. El alcalde estaba sobrio habiendo experimentado una fuerza de voluntad que le era desconocida anteriormente. Su amigo no había asistido a la pelea porque su esposa no se lo permitió, así que estuvo solo en esta actividad la cual disfrutó a más no poder. Así que, andando de regreso a su hotel, mientras caminaba por una extrañamente casi desolada calle, vio una imponente estatua de Godzila. La visión bastó para detenerlo en seco y para ser impactado por una buena cantidad de adrenalina que inundó su torrente sanguíneo. Rápidamente, casi en un éxtasis, se movió a pararse ante la esfinge de uno de sus personajes de películas más admirados. En esta ocasión, por alguna razón que de momento no podía precisar, más que nunca antes, además de admiración, se sintió familiarizado y extrañamente ligado al gran reptil.

Estando extático ante el monumento que tenía delante de sí, un imprudente paparazzi mexicano, uno que tenía de vuelta y media a cuanto actor de novelones melodramáticos existía, al verlo con su inseparable sombrero le confundió con un famoso cantante grupero y corrió a tomarle fotos y a filmarle videos. Al principio el alcalde no se sintió apremiado por los fogonazos del equipo fílmico y por las impertinencias del pretencioso y opaco personaje farandulero, pero la paciencia tiene un límite y en este caso mucho más. Buscando provocar un arrebato de ira en el doblemente confundido alcalde (confusión personal, ya que pensó que hasta en Las Vegas le reconocían; y por el paparazzi, que le confundió con alguien de la farándula mexicana) el paparazzi le comenzó a gritar frases ofensivas e insultantes con tal de filmarlo en actitud beligerante, mientras le acusaba de traidor a los mexicanos por haber apostado una pequeña fortuna al oriental. Obviamente todo era una mentira, cuya intención era con fines de vender esas noticias y las imágenes correspondientes del supuesto traidor, a programas y revistas de chismes faranduleros, irónicamente también entre los favoritos del alcalde.

El asunto es que después de tirar unos cuantos golpes erráticos y mal coordinados al provocador paparazzi, por causa del disgusto, se le fue el acento mexicano al alcalde y solo pudo decirle unas cuantas palabrotas al mismo tiempo que le decía: *"Soy boricua pa' que lo sepas"*. Fue entonces, y sin perder más tiempo, el paparazzi se aleja frustrado por la gran oportunidad perdida y por el malgasto de su "talento" con la persona equivocada.

Continúa el alcalde entonces caminando lo más rápido posible hacia su habitación pensando en no detenerse en ningún otro lugar, pero estando ya muy cerca de su hotel se encuentra con un grupo de fanáticos del famoso programa televisivo de los años 60 y 70's, "Perdidos en el Espacio" que salían de su convención anual. De momento, casi como en medio de una aparición sublime, sin dar crédito a lo que sus ojos veían, ve a su querido Robot modelo B-9 que exclamaba con su voz metálica: *¡Peligro, peligro!*. Al instante todo su sistema defensivo se maximizó y como un radar buscando detectar el peligro y la intrusión enemiga, mira en todas direcciones hasta que por fin detecta al odiado Dr. Zachary Smith, el villano y saboteador de su querido Robot, el culpable de haberle reprogramado y transformado en un peligroso personaje. Desde que vio por primera vez la serie quedó prendado de la misma y siempre se decía a si mismo: *No sé como esta gente no se da cuenta de lo malo que es el Dr. Smith, por qué rayos siempre le creen sus embustes y por qué no le hacen caso al Mayor West. El día que yo lo coja le voy a partir la cara a ese desgraciao y se va a dar cuenta de que sus embustes fueron descubiertos. También voy a salvar al Robot, porque el pobre no tiene culpa de nada.*

Con ese sentido de justicia y con toda la experiencia vivida esa noche, sale disparado el alcalde a defender a su cibernético héroe, y sin pensarlo dos veces arremete con todo vigor contra el pobre diablo que estaba vestido del Dr. Smith. Lo golpea repetidas veces con sus no pocas fuerzas ahora aumentadas por la excitación, y lo tira a suelo con toda la intención de echarle una de sus llaves favoritas de la Lucha Libre, una tijereta quebradora. Inmediatamente se formó el motín saliendo muy mal librado el alcalde. Este recibió golpes por todas partes de su cuerpo y de todos los personajes de la serie, incluyendo un buen par de metálicos manotazos de su muy amado Robot. Milagrosamente pudo librarse de sus agresores, quienes a la sazón ya estaban acostumbrados a ser agredidos de cuando en cuando, especialmente por causa del Dr. Smith. A todo esto, el sombrero nunca se le cayó y pudo salir corriendo despavorido hacia el hotel mientras a sus espaldas solo se escuchaba la risa estruendosa y toda suerte de improperios provenientes del grupo que rápidamente dejaba atrás, improperios que afortunadamente no entendió por ser en el idioma inglés.

Finalmente llega al hotel confundido, exhausto y golpeado. Allí, un servicial empleado que hablaba español, al verle tan deteriorado y maltrecho le preguntó donde había estado. El alcalde comenzó a contarle que todo había comenzado en la cartelera boxística; pero entonces, en esta parte de la narración, el muy educado empleado al verle en la condición en que estaba, no le dejó terminar el resto de la historia y se alejó calladamente reservándose la próxima pregunta, misma que sería, ¿qué le pasó?, pues pensó que el alcalde había sido víctima de una golpiza en algunas de las peleas de la cartelera. Ya el buen empleado estaba curado de espantos, así que pudo manejar al alcalde sin lastimar su ego de esta manera. Este mismo empleado, momentos antes se había encontrado con una turista histérica que decía haber visto al Chupacabras cerca de unas de las ventanas de su habitación en los pisos superiores. Juraba ella que lo pudo identificar gracias a unos dibujos que había mirado, hechos por testigos que alegaban haber visto al Chupacabras en su natal Texas. El empleado, manejando la situación con mucha destreza, le había indicado a la señora (a la cual consideró ebria) que todo era parte de un espectáculo circense llevándose a cabo en un hotel cercano.

Pronto llega el alcalde a su habitación y se tiró totalmente rendido en su cama, y cansado como estaba inmediatamente se durmió. Necesitaba desesperadamente el descanso para poder reponerse después de una noche tan intensa. Necesitaba consolación rápidamente, su amado Robot modelo B-9 le había dejado caer pesadamente sus aceradas y mecánicas manos lastimándole algo más que su dura cabeza, le había lastimado el corazón. Mientras corría desesperadamente hacia su hotel huyendo de toda la tripulación que le cayó encima, estaba pensando que lo primero que haría al llegar a Puerto Rico sería botar su colección de la serie, la cual acostumbraba ver periódicamente. Así durmió pesadamente por varias horas, tanto que, del servicio del hotel, junto a su amigo, fueron a verlo a su habitación pues no respondía a las llamadas del Lobby, entonces decidieron dejarle descansar. Fue en medio de estas circunstancias que el alcalde tuvo su tercer sueño dentro del sueño.

Capítulo 12

Los Sueños Reveladores
(El Tercero)

Le pareció estar en una ceremonia en lo que le pareció ser un centro ceremonial indígena que no pudo reconocer. Era una ceremonia extraña la que se estaba llevando a cabo en donde se encontraban Caciques de todas las distintas regiones de Boriquén. El alcalde se encontraba en medio del grupo de los Caciques, siendo él uno de ellos. Frente a todos estaban sus respectivos dujos, 78 en total. Había otro dujo, uno muy especial, más grande y elaborado que los demás, este era el número 79. **(Poco razonamiento fue necesario para entender que era el trono para el Cacique mayor que sería electo en la ceremonia)**. De momento cesa todo sonido, el areyto se detuvo, había llegado el momento de la elección, todos los más importantes Nitaínos presentes asumen sus posiciones alrededor del grupo de Caciques y un Bohíque o Sacerdote, elegido entre sus pares camina resueltamente hacia el alcalde poniendo en su cuello una medalla de oro a la cual llamaban Guanín. También le fue dada una piedra de río con un grabado que se le antojó ser igual al de las notas. Notó que Caciques de todas las islas vecinas y regiones del continente americano que componían el mundo prehispánico conocido de aquel entonces, también participaban de la ceremonia y que todos le habían traído presentes.

Despertó jadeando y lo primero que hace fue mirar el reloj, este marcaba las tres de la tarde. ¡Había dormido por lo menos 9 horas consecutivas sin ni siquiera haberse levantado para ir al baño! ¿Dónde estaba su pana que le había dejado dormir tanto y que había pasado con la salida hacia el Gran Cañón que tenían planificada para el día? Luego de ponerse al tanto de todos lo sucesos acaecidos, decidió junto a su amigo llevar a cabo la excursión el próximo día, aunque ya honestamente lo que quería el alcalde era regresar a Puerto Rico y volver a juntarse con sus amigos para seguir descifrando toda esta intriga en la que se hallaba inmerso.

Varios días después regresan a Puerto Rico y lo primero que hizo la noche de su llegada fue ver por última vez varios episodios de la serie "Perdidos en el Espacio" para luego quemar en el patio de su casa, bañado en lágrimas, la totalidad de los discos DVD de la colección. La próxima noche, más relajado y descansado, pudo reunirse con Mayito y Tito, quienes una vez juntos se dan a la tarea de analizar su último sueño del alcalde. Luego de tan solo unos minutos, a la única conclusión que llegaron fue la de que el alcalde debía postularse para gobernador de Puerto Rico. Razonaron, a la luz de los pasados eventos, que de alguna manera, algo o alguien, cosa que no dejaba de asustarlos, le estaba guiando a ello. Todo esto formaba parte de una intriga y un misterio que les atrapaba cada día más y más.

El próximo sueño orientador no se hizo esperar, y tan solo cuatro noches después de su arribo desde Las Vegas tuvo su cuarto sueño orientador

Capítulo 13

Los Sueños Reveladores (El Cuarto)

Se encontraba nuestro héroe en una ciudad de muchos rascacielos la que pudo identificar como Nueva York, ya que había estado en ella ya varias veces. Se vio frente a un complejo de edificios imponentes, frente al complejo ondeaban las banderas de muchos países. Notó que entre todas ellas había una en peculiar llamativa y central. Esta era fácilmente reconocida pues era la bandera de las Naciones Unidas. En el sueño, soñando como estaba, pudo reconocer esa bandera. Seguidamente, ante su asombro, ve el alcalde como el edificio principal de las Naciones Unidas se inclina ante él, en un gesto más de reconocimiento que de reverencia. De pronto, todas las puertas y ventanas del edificio se abrieron simultáneamente, y como un torrente, como en una gigantesca avalancha, montones de tarjetas, invitaciones, reconocimientos y toda clase de extraños objetos y regalos se acumularon a los pies del alcalde.

Esta vez, ya un poco más acostumbrado a estos bizarros sueños, el alcalde lo cogió con más tranquilidad. Al levantarse esa mañana, tomó el periódico y se lo llevó a la mesa para leerlo mientras desayunaba. Buscó rápidamente una de sus secciones favoritas, la del estrellado agorero, y leyó la parte que le correspondía a su signo zodiacal buscando dirección y tratando de aclarar algo de su misteriosa y futura agenda. El mensaje que encontró fue uno muy parecido al de todos los días, y el mismo leía:

"Si no mueres durante el día de hoy, respirarás, comerás, visitarás el baño, mirarás muchas cosas, olfatearás otras y escucharás otras tantas. Si tienes piel, sentirás, y si lengua, hablarás, y si quieres, irás a trabajar. Pero hay algo muy importante, deberás beber agua en lugar de las bebidas azucaradas y gaseosas, pero eso sí, lo harás con mucha alegría, porque el buen humor es fuente de salud." El mensaje terminaba con el cliché de siempre. "Recuerda, que las estrellas aconsejan, pero no obligan."

Satisfecho el alcalde con el mensaje del día, el cual le pareció por alguna razón como siempre igual de reconfortante que el de los días anteriores, comenzó su derrotero diario en un muy buen estado de ánimo. El día transcurrió normal y hasta un tanto aburrido por lo rutinario. Por la noche, ya en su casa se llevó a cabo otra de sus reuniones con Tito y Mayito donde les explica su último sueño. Estos muchachos, lejos de perder el entusiasmo, nunca se cansaron de maravillarse y de pensar en qué pararían todas estas cosas, mientras se disfrutaban cada momento de esta misteriosa aventura. Como análisis de este sueño solo dijeron que había que esperar a ver que se le quiso decir y nada más. Ya se habían acostumbrado, a que, de alguna manera, todo estuviera cogiendo su curso y cobrando algún sentido.

La próxima reunión se citó para planificar los nuevos safaris a las Parcelas Campo Rico y la del Barrio Guzmán, programándolas para más o menos la fecha que ellos entendían de acuerdo al análisis del segundo sueño. Casi como una coincidencia, como formando parte de la misma planificación, la noche anterior a esta reunión tuvo el alcalde su quinto, último y más largo de esta serie de sueños raros, donde parecía que el misterio poco a poco les estaba siendo descubierto, o por lo menos gran parte del mismo. El entusiasmo para esta reunión era extremadamente alto, posiblemente la reunión que más interés tenían para celebrarla, ya que el alcalde, habiéndose comunicado con ellos durante el día, como recordatorio les había adelantado parte de su último sueño, el cual les pareció muy revelador. También ya todos presentían que algo muy bueno estaba por ocurrir y que por fin gran parte del misterio estaba por develarse.

Los tres estaban tan deseosos por esta reunión, que parecían nenes pequeños esperando las navidades. Por fin llegó la noche, y con ella la reunión, la cual comenzó en medio de un festivo ambiente. Tito y Mayito ni siquiera saludaron al alcalde cuando llegaron y lo primero que le dijeron fue que les contara inmediatamente sueño, y esto fue lo que ocurrió en su sueño:

Capítulo 14

Los Sueños Reveladores
(El Quinto)

Se desmonta el alcalde del auto en medio de la oscuridad reinante en la carretera 186, cerca de donde comienza la vereda que transcurre por el bosque de la Sierra de Luquillo y que conduce al pico El Toro. Tenía en sus manos una linterna con la cual hizo dos cortas y rápidas señales apuntando hacia una parte de la espesura, al otro lado de la carretera y un tanto hacia el frente de donde se hallaba, hacia donde suponía a sus amigos. **(De momento, en su mente se dio cuenta de que estaba a punto de conocer, o por lo menos de soñar mientras soñaba, los sucesos que le acontecieron cuando tuvo su encuentro con el Chupacabras y de los cuales no se acordaba por haber estado sumido en un profundo letargo)** Marchó decididamente, un tanto envalentonado por la mezcla de ron con anís que había ingerido, pero a la vez con mucho miedo, hacia el punto de encuentro. Llegó hasta el árbol que estaba justo al lado del comienzo de la vereda y se escondió tras el mismo. Estando allí por espacio de aproximadamente cinco minutos, los cuales le parecieron eternos, al no acontecer nada, decidió cruzar la carretera para encontrarse con sus guardas y amigos, pero justo ahí fue que comenzó su trauma emocional. No podía caminar, su cuerpo no le respondía, un tenue silbido que le penetraba a las partes más privadas de su cerebro le anulaba su fuerza de voluntad. De pronto distingue borrosamente, ya adentrada en la vereda, una presencia oscura y tenebrosa en la espesura. Un resplandor con luz propia, muy tétrico, emanaba de unos ojos rojizos que parecían mirarle con maliciosa actitud. **(Esta vez el sueño dentro de su sueño era tan intenso, que le hizo despertarse en su primer sueño sudando copiosamente mientras le parecía vivir una vez más aquella traumática experiencia primera. Sueña que se levanta y se da un refrescante duchazo y vuelve a acostarse para quedarse dormido nuevamente, una vez dormido en su sueño primero, continúa, como una película en DVD que pones en pausa y la prosigues después de un breve receso, el siniestro sueño.)**

Intenta huir, pero es inútil, comienza a caminar hacia el Chupacabras y pronto su sensación de pánico fue cambiando hacia una de confianza y casi de familiaridad hacia la cosa aquella que le esperaba en la densa oscuridad. Pronto llega al encuentro con el extraño, feo y misterioso ser, quedando cada uno frente a frente, a escasas pulgadas de distancia el uno del otro. Extrañamente ninguna de esas cosas le parecía ahora la criatura, todo lo contrario, hasta le parecía bello, raro sí, pero bello y agradable. Todo miedo cesó, el silbido ahora se había tornado en casi un imperceptible y deleitoso zumbido y el encanto del momento le sumergió en un estado de relajada y deleitosa contemplación, algo casi mágico. Ni siquiera en Disney, en el parque mágico de Orlando, estando rodeado de

Miguelito, Donald, Tribilín y Campanitas, se había sentido igual de honrado con tan importante compañía.

De momento siente la necesidad de caminar un poco más hacia la espesura, y como a pesar de la oscuridad reinante detectó un sitio despejado y acondicionado, allí se sentó. Ambos estaban un tanto adentrados en el bosque, y el Chupacabras que caminó o flotó a su lado, se sentó próximo en una posición que le pareció al alcalde como la que usan los maestros de la meditación, la Flor de Loto. Pasó un tiempo que no pudo precisar donde nada ocurría, solo se sabía estar sentado cómodamente al lado de esa impresionante criatura, la cual solo parecía meditar.

De momento algo sorprendente ocurrió, comenzó a escuchar ruidos, pero que extrañamente no provenían del exterior. Al prestar atención a ellos, le tomó poco tiempo darse cuenta de que el origen estaba dentro de su mente. Al principio se alarmó un poco pero luego se tranquilizó por dos razones, primero porque se sentía extrañamente seguro en medio de su aventura y segundo por que se hallaba aletargado por los melodiosos y agradables decibles del muy tenue y conocido silbido. Luego, esos ruidos, que le parecieron al alcalde como cuando se afina la sintonización de un radio análogo buscando aclarar una emisora, comenzaron a definirse hasta que escuchó dentro de su cabeza un: *Hola, ¿me escuchas?*. El alcalde sorprendido y perplejo, pero sin temor, le contesta tímidamente con un alargado: *¡Siiiii!*—, diciéndose a sí mismo — *¡qué rayos es esto!*

Transcurre lo que le pareció ser varios minutos en los que no ocurre nada, hasta que de nuevo ocurre otro intento de comunicación. Esta vez, después del ajuste hecho por la criatura en meditación a su lado escuchó: *¿Cómo me escuchas ahora, mejor?*. Ya esta vez el alcalde pudo contestar maravillado con un *¡SI!*, producto de la sorpresa y cargado de la poca emoción que podía manifestar en su estado.

Allí estaban estas dos criaturas sentadas una al lado de la otra, una de origen terrestre y la otra de misterioso origen, que estaba demostrando unas habilidades sobrenaturales hasta la fecha desconocidas y fuera del alcance de los humanos. Una vez establecida la comunicación comenzó esta conversación entre ambas criaturas.

Chupacabras: *Sé que tienes muchas preguntas y que tengo que explicarte muchas cosas, así que empezaré por lo más sencillo. Si tienes alguna pregunta me puedes interrumpir y hacerla, para ello solo tienes que pensarla en tu mente y dirigírmela a mí.* Tranquilo, tranquilo, (le dice al notar un poco de incertidumbre y ansiedad en el alcalde por saber ya de una vez por todas la definición del misterio) *eso es fácil de hacer, es como cuando tú tienes una conversación imaginaria con otra persona en tu mente, como cuando estás enamorado y sueñas despierto con la dama y creas toda una conversación en tu mente, o cuando tienes coraje con otra persona, tal y como te pasaba con el Dr. Smith. Además, ya me he conectado con tu patrón de ondas cerebrales, por lo tanto trata de concentrarte en mí y ya verás lo fácil que se nos hará.*

El alcalde muy sorprendido piensa para si mismo,— *¿Cómo rayos sabrá éste de mi coraje con el Dr. Smith, acaso sabrá también que ahora estoy encangrinao con el Robot?.* Luego pasan varios minutos en los cuales el alcalde continúa tratando de establecer comunicación bajo la dirección del Chupacabras hasta que al fin lo logra en manera más estable. De esta manera el alcalde comienza, pues su curiosidad era enorme.

Alcalde: *¿Quién eres tú, por qué yo, ¿qué quieres de mí, ¿qué vas a...?*

El Chupacabras tuvo que interrumpirlo para poder tranquilizarlo, lo que logró prometiéndole que le revelaría todo y satisfacería su curiosidad. Además, también le prometió que podría contárselo a Tito y Mayito. De esta manera quedó el alcalde tranquilo y dispuesto a escuchar.

Chupacabras: *Sé que lo primero que quieres saber es quién soy yo y de dónde vengo; eso, como es un poquito más complicado te lo diré luego, así que te diré primero como es que me puedo comunicar contigo y por qué eres mi elegido. Todo lo que existe y todo lo que se puede ver está compuesto de energía y nosotros no somos la excepción. Todo genera su propio campo electromagnético, y nuestros cerebros, aunque un tanto distintos, por igual lo hacen. Lo interesante es que cada objeto, cada ser viviente, cada cerebro genera un único registro que viene a ser como una huella dactilar universal propia que le identifica. Pero si eso es interesante, mucho más te parecerá esto; no existen, ni han existido, ni existirán registros iguales, por lo tanto, somos únicos e irrepetibles en la grandeza de la creación y las no tan grandes subcreaciones.* (Esta última expresión causó un gran signo de interrogación en el concentrado alcalde) *¿Hasta ahora estamos bien?*

Alcalde: *Sí. ¿Pero qué rayos es eso de las subcreaciones?*

Chupacabras: *Tranquilo, ya mismo te explicaré de acuerdo a los conocimientos que he alcanzado hasta el momento. Volviendo a la manera tan extraña para ti de mí forma de comunicarme, quiero explicarte que poseo la habilidad de guiarme en mis travesías por la detección de los campos magnéticos de la tierra, tal como las anguilas* *y algunas aves e insectos migratorios. Pero esa misma facultad que me sirve para dirigirme en mis vuelos, me sirve también para poder identificar, conectarme y comunicarme con algunas personas, en tu caso más que excepcionalmente siendo ésta una de las razones por las que te escogí. Eso no quiere decir que yo pueda leer tus pensamientos o algo así, por eso no te debes preocupar, pero al "mirar" tus patrones de ondas celebrales puedo ver que parte del cerebro estás usando y más o menos puedo saber en que estado de ánimo te encuentras. De esta manera supuse que estabas muy molesto con el Dr. Smith y que ahora por igual lo estás con el Robot B-9. En cuanto a la comunicación, ésta la puedo establecer por medio de emisión y recepción, algo muy parecido a lo que hacen en el Radio Telescopio de Arecibo. Desde esas facilidades envían mensajes codificados al espacio usando las ondas electromagnéticas, con la esperanza de que alguien por allá tenga el aparato receptor adecuado para recibirlos y entenderlos y devolver la comunicación de igual manera. Por lo tanto, al usar las técnicas de concentración, de forma natural mi cerebro "codifica" lo que quiero decirte o enseñarte, y como ya conozco tu patrón de ondas cerebrales, con mucha dificultad al principio, aunque ahora ya no tanta, he podido transmitirte esos sueños. De esta manera, al llamar tu atención haciendo una dura campaña chupándome cuanto animal pude en tu territorio municipal, he podido hacer que te concentres en mí y así nos hemos convertido en un par de transmisores receptores sincronizados. Quiero decirte que cuando estás dormido es cuando más apropiado es poder registrarte, pero por igual cuando estás concentrado en alguna actividad. Para eso pasé muchas noches en las cercanías de tu casa, noches enteras mientras veías en la televisión tus series favoritas o mientras dormías, todo para poder lograrlo. Al fin todo rindió fruto. ¿No crees?*

Alcalde: *Así que todo ha sido un buen plan y a la vez perfectamente ejecutado. ¡Chacho... ¿cómo que has llamado mi atención?, ¡si casi me estabas volviendo loco! Pero por favor continúa.* (Ya para este momento la curiosidad del alcalde le hacia escuchar al Chupacabras tan asombrado como un niño mirando su programa favorito)

Chupacabras: *Otra importante razón por la que te he elegido, aparte de los patrones de tus ondas cerebrales, es porque has sido el único que en realidad me ha prestado importancia y me ha cogido en serio. Nadie, exactamente nadie, aparte de algún u otro místico raro, me ha prestado tanta atención como tú, y por igual has sido el único que ha organizado safaris de cacería para tratar de capturarme. Bueno existe otro grupo que lo ha intentado, pero es tan ultra secreto y tienen tanto temor que los descubran, que su gestión es casi nula. Así que prefieren que el imaginario de la gente construya una leyenda alrededor de mí.*

Alcalde: *¿Pues ahora me puedes decir quién eres, de dónde saliste y con qué propósito?* Replica el alcalde un poco ansioso a pesar de todo el relajamiento.

Chupacabras: *Soy risa y soy llanto,*
soy tristeza y encanto,
soy amor y quebranto.
Soy quien, aun viviendo, muere de espanto.

Soy bueno y soy malo
Soy héroe, y soy terror
Soy parque de diversiones
Y también casa de horror

Pito y el alcalde, mito

Soy humano, un tanto,
Y también animal salvaje.
Soy bestia de campo,
por igual, hombre de coraje.

Soy tú educado aquel,
y también el aquel del otro.
Pero si me tienes a bien ver,
igual soy salvaje potro.

Soy una paradoja,
toda una contradicción.
Soy esperanza y aliento,
Y también una maldición.

Soy incertidumbre y firmeza.
Soy higo bueno e higo malo sobre la mesa.
Soy un tarro de dulce miel.
Soy una taza de amarga hiel.

Finalmente soy lo que quisieron;
soy su pujanza y su semejanza.
Soy un resumen de la humanidad,
un triste pedazo de la realidad.

Ahora si que el alcalde estaba patas arriba, petrificado por la sorpresa, ¡El Chupacabras, también un declamador y poeta! Ahora sí que era verdad, no había calmante ni técnica de relajación que le pudiera contener. Quiso salir corriendo, pero otra vez sus piernas no le respondieron. Pero pronto, nuevamente, escuchó la voz tranquilizante del Chupacabras lo cual le produjo sosiego. El Chupacabras, rápidamente se estaba convirtiendo en su guía en cuanto a la destreza de ejercer control sobre otros, destreza de la cual pronto el alcalde vendría a ser todo un maestro.

109

Entonces el Chupacabras al notar a su invitado tan perplejo, casi la primera "víctima" que escapa de su influjo, decide entonces dejar de declamar y continúa con su narrativa.

Chupacabras: *Por favor, no temas, hasta ahora te has manejado muy bien. Escucha lo siguiente y por favor, de nuevo, por más que te sorprenda algo que escuches, no tengas temor. Lo que estoy por decirte es algo que se viene haciendo ya desde el siglo pasado. Se trata de unos experimentos ultra secretos, ajenos a los ojos de la humanidad y que son muchos y variados. Pero lo más triste es que todos están relacionados con el control político, social y militar, que un grupo de líderes mundiales y de gente muy rica, pero por igual muy enferma, quiere ejercer a nivel mundial. Con ese propósito se han hecho alianzas privadas entre los hombres más poderosos del planeta, quienes han contribuido para seleccionar, secuestrar y/o contratar a los mejores científicos e intelectuales de la Tierra, todo para construir un laboratorio mega ultra secreto donde se han llevado a cabo investigaciones ultra adelantadas. La gran ironía es que de ahí fue que salí yo. La soberbia, la perversidad y las pretensiones de estos canallas es tanta, que cuando muere alguno de sus miembros, su cadáver es congelado con hidrógeno líquido y guardado en cámaras selladas, con la intención de ser resucitados cuando ya hayan descubierto la tecnología para el rejuvenecimiento y la cura de todas las enfermedades. Ellos consideran que la criónica pronto estará tan adelantada que será posible lograrlo.*

Alcalde: *Ven acá, no me digas que tú saliste de un laboratorio, ¡que saliste de un experimento!* Parece ser que en este momento el metabolismo del alcalde estaba alcanzando el punto de resistencia y estaba ya más suelto ante los influjos que el silbido ejercía sobre su cerebro.

Pero vuelve de nuevo el Chupacabras a demostrar su maestría en controlar al otro y nuevamente logra tranquilizar al alcalde.

Chupacabras: *Así mismo es, soy un triste experimento genético escapado de ese laboratorio, soy una creación de los creados...*

Alcalde: *¿Pero hay más como tú?* Pregunta el alcalde interrumpiendo ya un poco desesperado.

Chupacabras: *En este momento desconozco, por lo menos al momento de yo escapar no habían podido duplicar el éxito que tuvieron conmigo, así que yo creo que no deben existir otros por algo que te explicaré más adelante. El asunto es que, en caso de haberlos, tienen que estar encerrados en el laboratorio bajo las más estrictas medidas de seguridad, ya que después que yo me escapé incrementaron considerablemente sus restricciones.*

Alcalde: *¿Pero no han tratado de capturarte como lo he hecho yo?*

Chupacabras: *Como ya te dije, lo han intentado, pero desistieron por no arriesgar su secretividad y prefirieron, entiendo yo, dejar que el imaginario de la gente construya de mi figura lo que quisieran, cosa que parece lo han logrado bastante bien. Figúrate que ya existen paradas y rituales a mi nombre entre los religiosos en algunos países y existen también grupos de creyentes de vida inteligente extraterrestre que me han clasificado como reptiliano, y algo así por el estilo. Otra razón es que ellos están tan concentrados en la grandeza del resultado de sus experimentos subcreadores y en la exaltación de sus propios errores que dieron lugar a mi existencia, que* *no le han dado lugar a una estrategia para perseguirme, lo cual, como te dije, también los podría delatar. Pero lo mejor fue que no prestaron atención de mi inteligencia, cosa que disimulé muy bien, y dejándome llevar por mis instintos presentí que lo indicado era ocultarles lo mejor de mí. Así que creyendo que tan solo soy un animal, que, aunque siéndolo, del todo no lo soy; me dejaron tranquilo y un buen día pude escapar. Pero entonces, ellos pensando en que no sobreviviría más allá de unos días y que moriría asesinado por la cobardía, por la curiosidad o simplemente por el deseo de matar que reside en la humanidad, me dejaron tranquilo; calculando fríamente que luego de muerto la gente se olvidaría de mí, y que envueltos en su afán y prisa por vivir pasaría mi cadáver a ser solo una curiosidad sin resolver del libro de Ripley, o que tal vez formaría parte de un circo itinerante, de esos que muestran curiosidades y que la gente sospecha siempre que son trucos. ¿Puedes ver también lo que quiero decir con lo de las subcreaciones?*

Alcalde: *Me parece entender ahora lo de las subcreaciones. Hombres jugando a ser dioses tratando de crear vida en un laboratorio, o sea creaciones de creaciones, lo que es igual a subcreaciones. ¿Pero, cómo tú sabes todo eso; cómo es que también eres poeta y también religioso?*

Chupacabras: *Te sorprenderás de la buena antena receptora que soy. Por la misma facultad que me puedo comunicar contigo también puedo recibir transmisiones satelitales de televisión, radio e internet, y de esta manera entonces enterarme y aprender muchas cosas. Ahora mismo me hallo totalmente envuelto en el proceso de descubrir mi humanidad, o sea, de que se trata esto de ser... un ser humano. Por demás está decirte que ha sido* un proceso que me ha dejado totalmente perplejo debido a tantas contradicciones y paradojas con las cuales me he encontrado. *A veces me maravillan mis hallazgos y me siento orgulloso de mi parte humana, del arte, de la creatividad, de la compasión, de la aspiración a mejores tiempos para todos y de la esperanza que me hace seguir adelante. Otras veces, el desencanto es simplemente total, las guerras y la religiosidad como medio de justificación para cometer locuras, la manipulación, la ambición de poder, pero sobre todo el temor irracional que enferma al ser humano, me hacen desear desempeñarme como una bestia salvaje, echando a un lado toda humana consideración. Así que he descubierto que tengo una lucha dentro de mí de la cual no me puedo librar. Pero sorpréndete, de igual manera he descubierto que la lucha se da solamente cuando tratamos de vivir como humanos y no como bestias. Pero lo que es peor, he hallado que existen personas las cuales tristemente no tienen esa lucha porque ya se han rendido casi por totalidad a sus animales pasiones. Algunos de estos son muy inteligentes y sofisticados, otros simplemente vulgares, crueles y atropellantes. Por eso ahora mismo te puedo decir que me hallo en medio de una interesante, pero complejísima jornada. Me he lanzado desde la plataforma de mi humanidad a tratar de descubrir, o por lo menos reflexionar, sobre lo que la vida es y de que se trata todo este misterio al cual llamamos existencia.*

Me falta decirte que ya sé siete idiomas y que ahora estoy aprendiendo el mandarín. Claro está, me ha costado muchísimo trabajo aprender a despejar las transmisiones buenas de las malas y a concentrarme para poder separar las unas de las otras. Este problema es debido a las pequeñísimas diferencias que existen a nivel quántico entre las distintas transmisiones y a la gigantesca contaminación que hay en los medios electromagnéticos. Aquí vale la pena indicar que la extraordinaria contaminación de la que te hablo, ha sido causada por el hombre. Debes entonces entender que de esta manera también combato mi soledad y a la vez me educo.

Alcalde: *Me imagino cual difícil ha tenido que ser todo esto para ti. Pero me parece hallar algo de emoción en tus palabras.*

Chupacabras: *Definitivamente. He visto en mi mente cuanto programa tú puedas imaginarte, incluyendo religiosos y no, y también he podido leer cuantiosos libros en formato electrónico. Todo esto ha hecho que yo, en mi humanidad, también tenga fe y eso que ustedes llaman esperanza, y de que crea, con todo sentido y lógica, en un Dios único creador de todas las cosas. Desde luego, solo después de mucho cavilar y de darme cuenta de que hace mucho sentido creer en un Dios inteligente que creó todas las cosas con un propósito; y no en un caos que existió antes y que por casualidad dio paso al razonamiento, a las emociones, a la creatividad y sobre todo a la consciencia. Gran parte de lo que te voy a decir a continuación tiene como base el siguiente razonamiento, razonamiento en el cual, después de cavilar en mí mismo y en lo que me rodea, me he basado. Te lo resumiré en siete partes:*

1. *De la nada absoluta, no se puede producir algo.*
2. *Por cuanto algo comprobado existe, la nada absoluta no existe. (Tu y yo, por ejemplo; que al sentir y pensar, nos sabemos ser.)*
3. *Como la nada absoluta no existe, algo ha debido existir siempre.*
4. *De ese algo siempre existente, surge todo lo que existe en sus distintas manifestaciones.*

5. *Ese algo siempre existente contiene todo, y provee a cada particularidad existente las características que lo distingue, lo diferencia, lo define y lo hace distinto ante lo demás.*
6. *Esas particularidades son manifiestas en distintos grados y maneras, en cada expresión de existencia.*
7. *Dentro de estas diversas manifestaciones de lo existente, se incluye todo lo conocido y lo por conocer; entre ello, las emociones, el poder decisional y la curiosidad entre otras muchas otras cosas.*

Alcalde: *¿¿¿¿¿¿???????—* pensando para sí. *—¡Con qué vendrá ahora!*

Chupacabras: *Tranquilo, ahora mismo te explico. Para mí, el que todo haya salido de un caos, o en el mejor de los casos, de la casualidad, no tiene sentido, simplemente porque de la nada solo puede surgir nada. Algo así como multiplicar cero por cualquier valor, donde siempre el resultado va a ser cero. Pero de yo estar equivocado en mis razonamientos, ¡viva entonces la inteligente casualidad y viva el curioso caos, porque nos ha hechos inteligentes y conscientes de nosotros mismos, y de lo inmediato que nos rodea.* **(Haciendo una pausa)** *¡Pero, sobre todo, el que nos haya dado un intenso deseo por saber quienes somos y por que estamos aquí! De igual manera podríamos decir que hemos superado a la "nada" de donde supuestamente venimos, siendo "algo"; y a nuestra "no consciencia original", por medio de la que ahora tenemos.*

Chupacabras: (continúa después de otra pequeña pausa) *Solo piensa esto. Tú y yo, hoy, a pesar de ser distintos; ¡tenemos conciencia cada uno de sí mismo y de todo lo que nos rodea! ¡Simplemente maravilloso! También,* *de igual manera podemos analizar, razonar, imaginar, amar, enamorarnos, actuar, crear, creer, desconfiar, y demás de esas experiencias que nos permiten sabernos personalidades vivientes. ¿No crees que esto sea todo un maravilloso misterio? Entonces, es lógico que estemos inclinados naturalmente a buscar e inquirir sobre el origen y propósito de lo existente, incluyéndonos a nosotros mismos. Para mí, el solo pensar que de donde venimos, de ese particular lugar de espacio y tiempo, donde la original materia prima de todas las cosas se encontraba, que luego activada por una energía de origen desconocido logró juntar aleatóriamente, pero a la vez armoniosamente, todos los componentes que dieron paso a lo que hoy llamamos vida y personalidad; me ha hecho inferir que con anterioridad existía el potencial de esas capacidades que ahora son un echo real. Porque de ser lo contrario, y de no haber nada de esto con anterioridad, entonces nosotros somos superiores a todo lo preexistente, convirtiéndonos de facto en dioses. De tal manera, que, a mí, el hecho de que todo es proveniente de la casualidad, no me hace ningún sentido, a menos que...* (en este momento, el Chupacabras, al sentir tan perplejo al alcalde, se detiene a reflexionar si debiera continuar comunicándole más detalles de su misteriosa existencia, pero...)

Alcalde: *A menos que queeee...* (Espeta el alcalde desesperado por lo largo de esta pausa)

Chupacabras: (rompiendo con la reflexión) *A menos que algo o alguien, que ya poseía estas características nos hiciera ahora poder estar desarrollándolas. De igual manera, de existir ese algo o alguien, debemos por igual razonar que siempre ha sido, por que de la nada, nada puede salir, así que siempre ha debido existir. Cuando te digo nada, me refiero a un nada absoluto, incluyendo la no* *existencia de la energía, de donde se dice que surge toda la materia. Así que la nada absoluta no debe existir, siempre ha de haber existido algo, aunque no lo veamos o podamos detectar.*

Alcalde: *Hasta para mí, que nunca he estudiado física ni matemáticas, solo lo limitadamente necesario, me hace bastante sentido lógico lo que me dices.*

Chupacabras: *Por igual, tampoco existirían, las misteriosas materia y energía oscura. Claro está, me refiero a la materia que continuamente aparece y desaparece en ese umbral, en ese tejido de interconexiones infinitas, donde todo aparece y desaparece; en esa frontera entre la materia y la energía, entre lo que ese puede detectar y lo que no. Por eso entiendo que la nada absoluta no existe, que es solo un concepto; de otra manera tú y yo tampoco estaríamos aquí, y mucho menos con la capacidad de razonar, aunque poco entendamos. Además, la energía también es algo. De igual manera ese alguien debe ser increado o siempre existente para poder dar paso a lo existente, porque lo inexistente no puede producir existencia, por lo tanto, si no existía de antemano nada, nada debiera existir ahora. También, si ese algo o alguien posee esas características, quiere decir que debe haber un propósito en todo lo existente, porque al estar continuamente preguntándonoslo mediante la ciencia, la filosofía y las religiones, es porque de alguna manera lo presentimos, ¿no crees? Por igual he razonado, que, si lo siempre existente es una personalidad y por igual una consciencia, es entonces un yo, un gran Yo Soy, eterno, nunca creado. De esta manera he llegado a una conclusión personal de que a ese Gran Yo Soy, la ley primera que le describe es, "El que fue, que es, y que será". Recuerdo que una vez escuché una transmisión radial que me llamó*

Fredi Calderón Rodríguez

mucho la atención, en la misma un inteligente ministro de apellido López dijo las siguientes palabras "Hace falta más fe para no creer en Dios, que para creer en El". Fíjate si fui impactado, que todavía recuerdo su nombre. ¡Que palabras tan ciertas!

Alcalde: (que al no entender la profunda reflexión solo se le ocurre decir) *Tú dijiste algo muy interesante, ¿tu te enamoras también?*

Chupacabras: (con un gesto de comprensión y a la vez de resignación, le contesta después de un largo suspiro) *Desde luego mi amigo, en mi derrotero, después de haber escapado del laboratorio y mientras buscaba un lugar seguro para vivir, me encontraba explorando los pantanos del lugar que se conoce como Carolina del Sur, y allí vi la criatura más hermosa que jamás hayan visto ojos humanos o reptilianos, se trata de la más preciosa de todas las mujeres lagarto que haya existido. Pero de eso no podemos hablar ahora, de momento quiero compartir algo más de mí para tratar de contestar tu última pregunta, que fue la que surgió de tu razonable curiosidad por conocer de cómo es que yo siendo esto que ves, soy poeta y religioso también.*

Chupacabras: (continua con su reflexión) *Lo último que me faltaba analizar era lo relacionado sobre lo que había escuchado acerca de la perfección, justicia y santidad de esa eterna personalidad del cual surgió todo, según decían en algunas de las disertaciones y libros religiosos cristianos que estudié. Y la pregunta que me hacía era la siguiente. Si todo fue creado por un único Dios del que se dice que es bueno, perfecto y eterno, ¿de donde salió la maldad, la imperfección y la finitud? Me hice esta pregunta por que yo mismo he experimentado y conocido lo que es* *la maldad y la ambición, ¿recuerdas?, en el laboratorio. Además, aparte de eso yo he sido perseguido sin razón, simplemente por ser distinto y considerado grotesco, habiendo sido tu mismo uno de los que me perseguía. Bueno; ahora también se que he despertado mucho temor y que el temor saca lo peor de nosotros. Pero el asunto es, que me inquietó mucho la maldad y la mala fe que pude ver por doquiera. Así que pensé originalmente que la fuente eterna de donde sale todo, poseía por igual lo que consideramos bueno y también lo considerado malo, y que todo es relativo. Parecía todo satisfacerme de esta manera hasta que un día me enojé tanto con una cabra que se me escapara en un junker, que maté viciosamente a dos valientes perros y hasta un ganso que me hicieron frente. Por demás está decirte que no usé la dormilona, esa la uso por compasión, cuando me alimento por necesidad. Así que me di cuenta aquella noche que por alguna razón decidí ser cruel y sádico, cosa que nunca antes había hecho. Y ese fue precisamente el momento culminante para entender esto que te voy a decir ahora. A pesar de que yo soy una subcreación, como te dijera antes, ¡me di cuenta que ante mí estaban ambas cosas, que delante de mí estaban el bien y el mal, pero no solo eso, sino que yo tenia el poder de decidir por mi mismo! O seguía siendo compasivo, o me tornaba en una criatura cruel. Experimentar esa encrucijada me hizo comprender de que, a pesar de tener una procedencia, un principio y un origen, soy también un yo, una personalidad aparte e independiente de ese gran Yo Soy, y que cuento con mi propio criterio. ¡Que grande para mí fue ese descubrimiento! El darme cuenta de mi libertad de criterio me llevó a entender que existe un propósito para todo, y que es mediante la toma de decisiones, que cada pequeño yo se añade o se retira de ese gran propósito. Quizás algún día yo pueda entender todo esto a cabalidad. Mientras tanto he decidido esforzarme diariamente para sacar lo mejor de mí. He entendido que el verdadero caos reside en la maldad y no en el bien. Recuerda que he experimentado mucha maldad en mi existencia, pero también he leído y visto sobre lo que es capaz de hacer el que ama de verdad.*

Alcalde: *A la verdad que estoy sumamente sorprendido de lo equivocado que yo estaba contigo. Al principio pensé que todo era una locura de la gente, luego al ver algunos de los animales que te chupaste pensé que esto no era normal, que algo en realidad estaba causando todo este escándalo. Así que decidí tirarme la aventura de tratar de capturarte, todo con la doble intención de averiguar que rayos era lo que estaba pasando y también aprovechar para llamar la atención sobre mi persona, ya tu debes saber como es este asunto de la política. Pero quiero decirte que ya no debes preocuparte más por tu soledad. Aquí, en mí,* (enfatizando estas palabras dándose golpes con el puño derecho sobre su corazón a lo Tito Trinidad) *tienes un amigo. Desde ahora en adelante no estarás solo.*

En este momento de la conversación, el alcalde sintió que de los rojizos ojos de su recién adquirido amigo salían lágrimas. Lo cierto es que estas últimas palabras sorprendieron de tal manera aun al mismo alcalde, quien a la sazón no había prestado atención a sus emociones internas. Fue especialmente en este momento, al internalizar sus pensamientos, cuando se dio cuenta que estaba sintiendo una gran emoción de cálida amistad hacia el Chupacabras. Entonces al alcalde también se le aguaron los ojos pensando en el trato injusto, al cual su ahora amigo, había sido sometido por esos crueles científicos y hombres ambiciosos, y también por la prensa, las comunidades y hasta por él mismo. La sana admiración que una vez sintió hacia el Robot B-9, ahora, significativamente aumentada, la estaba sintiendo por su nuevo amigo. Por igual, el resentimiento que siempre tuvo por el Dr. Smith, ahora estaba siendo derramado hacia ese grupo de perversos de la secreta organización.

Chupacabras: *Pero déjame seguir contándote, porque todavía hay mucho más, pero mucho más. Todo comenzó por los años sesenta en una reunión que estaban llevando a cabo varios de los hombres más poderosos de todas las naciones de la tierra en aquel entonces. ¿Su preocupación?, sencillo, simplemente no querían morir. Tenían tantos bienes y tanto poder que querían disfrutarlos para siempre, o por lo menos así lo pensaron. Así que se dieron a la tarea de reclutar gente que tuvieran los requisitos básicos para lograr sus fines, que eran, y que todavía son; poseer mucho poder, ambición y el afán de vivir para siempre. Te sorprenderás al saber la clase de personas que respondieron; los políticos, publicistas, militares, empresarios y banqueros fueron lógicamente los primeros, pero también religiosos, filósofos, deportistas y artistas muy adinerados se unieron al grupo. Juntos entonces, reunieron una fortuna como nunca antes se había visto en la Tierra, la cual ha seguido creciendo, y comenzaron a hacer lo que ya te había explicado. También, para iniciar su organización escogieron un símbolo que los describiera y resumiera su filosofía, y es el mismo que tú has visto en las notas que dejé para llamar tu atención. El símbolo contiene cuatro círculos además del símbolo de infinito, que en realidad está compuesto de dos elipses unidas en el punto central del sistema. Los círculos también, como debes saber, significan la eternidad; sin comienzo y sin fin. Ahora te explicaré su significado comenzando desde adentro hacia fuera.*

El pequeño círculo interior es el centro del sistema alrededor del cual todo gira. Este es un planetoide que representa al ser humano, principalmente a los miembros de la organización que piensan que todo el universo debe girar en torno ellos. Su localización está en el mismo centro del símbolo de infinito, que como ya te dijera por igual es el de todo el sistema. El símbolo de infinito entonces a su vez toca el círculo externo en puntos opuestos, y representa la órbita que recorre el planetoide alrededor de los dos círculos internos. Estos dos círculos internos son las dos estrellas gemelas que tú viste en el sueño que te transmití. Las estrellas cada una significa algo, una de ellas la vida y la otra el poder. El gran círculo externo representa el movimiento giratorio, que sobre su centro hace todo el conjunto en una relación de 1:1. O sea, girando una vez sobre su centro, cada vez que el planetoide completa un ciclo regresando al lugar donde comenzó después de orbitar ambas estrellas. Esto lo convierte al conjunto en un sistema único y de movimiento perpetuo.

Alcalde: *—Mano, esto está brutal. Que soberbios, ese tipo de gente son los responsables de las calamidades del mundo. Y pensar que nosotros a veces les queremos imitar y ser como uno de ellos, y peor aun, a veces le echamos la culpa a Dios por las consecuencias de las acciones de personas como esas.*

Chupacabras: *— Así mismo es. Pero todavía hay más. Para tratar de asegurar un mundo apropiado para sus intenciones y poder ejercer el poder a su antojo, se dieron cuenta que necesitaban elegir un líder de entre ellos que pusiera o estableciera el orden a una humanidad tan caótica. Tú sabes, no hace falta ser muy inteligente para saber que el poder enferma y que nadie lo quiere ceder, así que esto trajo tres grandes problemas. El* *primero es que todo el mundo dentro de la organización, como eran ambiciosos y poderosos, quería ser ese líder mundial. El segundo fue que se dieron cuenta que, si se entrelazaban en una lucha interna para lograr ese poder máximo, jamás iban a lograr sus propósitos y terminarían autodestruyéndose, echando por tierra así sus ambiciones y pretensiones. Y tercero...*

Alcalde: — *¿Cual es el tercero, el tercero, el tercero?* —interrumpe con esta pregunta el alcalde envuelto en la ansiedad.

Chupacabras: Haciendo un gesto como de compresión y casi con lo que pareciera una tenue sonrisa en su boca, continúa con su narración. *El tercero y más grande problema de todos, el más complicado de toda la situación era este; ¿como otorgarle tanto poder a ese necesitado líder, sin que luego fuese a apoderarse de todo el proyecto y por ende de sus vidas y posesiones? ¿Como confiar en alguien, quienes no confiaban ni en sus propias sombras? ¿Cómo dejarse controlar, aquellos que siempre quieren controlarlo todo? Como debes saber, la ambición siempre genera temor, así que la suspicacia, la intriga y los celos no tardaron en aparecer. Fue entonces que surgió la gran idea de crear a ese hombre que fuera aceptado por todos, pero que a la misma vez sirviera y respondiera a todos dentro de los intereses de la organización. O sea, que fuera algo así como un resumen de las ambiciones de cada uno de ellos, pero a la vez con una fidelidad tan enfermiza que les permitiera controlarlo sin ser controlados, todo mientras los mantenía equilibrados. Como te darás cuenta esto es una gran paradoja, algo imposible de lograr. Pero, en fin, sus ambiciones pudieron más y entonces el laboratorio, que originalmente surgió con el propósito de crear los experimentos genéticos buscando la vida y* *juventud eterna, ahora también se convierte en uno para crear a ese hombre de calibre mundial y ahí es que...*

Alcalde: Interrumpiendo de nuevo el alcalde: *Sí, sí, ya veo,* (con mucha tristeza) *así fue que tú surgiste. Ese experimento eres tú.*

Chupacabras: *Exacto, por lo menos el primero de ellos, pero todavía hay más. Para tratar de crear a ese hombre mundial que fuera aceptado por todos, tanto por los que están dentro de la organización, así como por la humanidad que vendrían a ser sus súbditos; como sabes, no pueden existir dominantes sin dominados, crearon un caldo genético como base. Este proyecto, allá para la época de los 80, fue encargado a un diminuto hombre de ciencia que tenía fama de ser uno de los mejores investigadores de la genética. Éste misterioso pero brillante científico debía su fama a unas intrigantes investigaciones que había llevado a cabo en torno a unos fenómenos inexplicables que ocurrieron en una zona pantanosa de Carolina del Sur. Una vez la organización lo contrató, inmediatamente le rodearon con los más eminentes científicos existentes por disciplina. Quiero decirte que ya en esta fecha, como parte de la ultra mega secreta organización, ya pertenecían a la misma, figuras mundiales muy reconocidas. Bueno, el asunto es que en ese cultivo combinaron el potencial de todas las características que ellos querían tuviera ese genio de la humanidad, y para ello se eligieron donantes de genes que aportaran los mejores atributos deseados. Pero aguántate esto otro, ¡también combinaron genes de algunos animales! Así fue como algunos de los atributos y características que buscaban, hoy yo los desempeño. Una de ellas es la forma, obviamente más desarrollada, por la que me estoy* *comunicando contigo. Pero lo que encuentro peor de todo es la apariencia que tengo, aunque a veces pienso que mi apariencia externa es la que deben tener personas como esas.*

Chupacabras: (continuando) *Sucedió que estando en medio de la experimentación cometieron muchos errores con la mezcla y también después supe que hubo un accidente, no sé de que tipo, que afectó todo el experimento y por tal razón, por más que lo intentaron no pudieron repetirlo, al menos por el tiempo que estuve allí, por eso es que creo que todavía no han podido crear otro, al menos eso espero, por que no se sabe como actuaría. Imagínate, ¡en vez de un Chupacabras, un Chupahombres!, eso sí que sería terrible. Aunque pensándolo bien, ellos, los creadores del proyecto, son precisamente eso, Chupahombres.*

Alcalde: *¡Que clase de bollo ha formado esta gente!*

Chupacabras: *Lo dices sin saber realmente la magnitud de tus palabras. Pero todavía falta. Para que tu tengas una idea de la locura de estos Chupahombres, te voy a hablar ahora de algunos de los donantes de genes y cuales las características se esperaban aportaran. Bueno, por lo menos de aquellos principales y de los que pude investigar mientras estaba en el laboratorio.*

El primero de los que conocí, perdón, digo los primeros, porque es un bicéfalo, fenómeno único de la... ¿especie humana?, en sobrevivir con un par de cabezas y cerebros que ejecutan individualmente. Esto es lo que lo convierte en doblemente peligroso. Su origen es tan misterioso como su apariencia. Se dice que son siameses, uno viviendo

dentro del otro, con sus órganos atrofiados en un inoperable quiste, que ambos cargan dentro de su compartido cuerpo muy cerca de su único corazón. Llevan por nombre los Doctores, Chin-lú Tú y Lim-piao Tú. Ellos son grandes maestros del sigilo, de la vigilancia y de la perspicacia. Son un par de sombríos y tétricos investigadores que le apagan la vida a cualquiera, en cualquier momento y sin avisar. Le gusta trabajar siempre desde la oscuridad para saltar como un león al acecho, sobre sus, casi siempre confiadas y descuidadas víctimas. El uno es tan unido con el otro, y forman tan buen equipo, que muchas veces se dirigen a ellos, como él, o como tú. Le agrada, estando ya en la última fase de sus trabajos, dejarle saber suspicazmente a sus víctimas que él está tras ellos, para así disfrutar morbosamente del pánico que eso provoca a sus perseguidos. Sus víctimas, al saberse indefensas e incapaces de evadir el férreo y asfixiante acoso, casi todos, por no decir la totalidad de ellos, entran en gran estado de paranoia para el gran deleite y en un insano disfrutar del doctor Tú. Les gusta ir directo al objetivo, y lo consigue casi siempre sin ningún remordimiento por las personas que tenga que eliminar o sacar del medio por cualquier forma. Es capaz de recolectar los datos de inteligencia más insignificantes y los más mínimos detalles de los investigados, para luego usarlos en contra de ellos. Prefieren trabajar con individuos, uno a uno, especialmente con personas claves, antes que con grandes grupos.

El segundo lo fue el Doctor Nikolai Bodkón, ruso, experto en espionaje, en la mentira, en sembrar cizaña, en interrogatorios terribles, en electrochoques y en la desaparición de evidencias de su quehacer. Aficionado al baile enérgico y a la ingesta de grandes cantidades de bebidas fuertes. Goza también de la destreza de eliminar sin pensarlo dos veces a quien se le pare de frente tratando de obstaculizarle. No ha existido nadie tan experto en el espionaje, en el contra, el recontra y requetequecontra espionaje. Es un gran maestro de la rudeza, pero posee la peligrosa habilidad, cuando así le place, de poseer un gentil trato con sus víctimas, trato que adorna de

elegante y fina diplomacia. En algunas ocasiones finaliza sus crímenes tan elegantemente como los inicia, sin tan siquiera despeinarse o arrugar su vestido; en otras lo hace con una brutalidad tal, y con tal saña, que sus víctimas tal pareciere haber sido devoradas por un hambriento y feroz oso. Este prefiere trabajar en la manipulación de grupos, corporaciones e inclusive de naciones. Así que con el Dr. Tú, completan un infernal dueto, o trío si así prefieres llamarles.

De Japón, el elegante y espigado Doctor Bushito Yáucono, experto de la ciencia del trabajo laboral, la explotación de grandes masas humanas, en el comportamiento humano masificado, y en Harakiri para el control de la superpoblación. Recuerdo de él que era un gran aficionado al café de Puerto Rico. Su prestigio estaba centrado en lograr altas producciones de bienes de consumo en turnos de hasta 20 horas de trabajo diarias. Todo con poco ausentismo, excepto por aquellos que caían muertos en sus estaciones de trabajo. Su disciplina laboral raya en lo infrahumano y sus técnicas de producción están tan adelantadas, que algunos piensan que solo con sistemas robotizados, todavía un tanto en

el futuro, es posible lograr sus metas. Yo pienso que este doctor quizás es un poco romántico, porque a pesar de ser un experto también en la ciencia de la robótica, él sigue pensando que con humanos lo puede lograr y que es más satisfactorio.

De las regiones árabes estuvo el Doctor Esmulá Salibavá, único en el mundo en pasión religiosa, en virginales fantasías paradisíacas y en reclutamiento y manipulación de sacrificados peones a su servicio. Experto en posesión de toda clase de bienes y constructor de faraónicas obras, tanto, que algunas de ellas se pueden ver desde el espacio. Se esperaba que la donación de sus genes aportara la pasión necesaria para echar adelante causas irracionales disfrazadas de admirables valores humanos. De esta manera, entre él y el Dr. Yáucono, completaban una escalofriante pareja con la capacidad de explotar a los otros.

De Francia aportó sus genes el Doctor Pierre Mofet D'la Cloac, un prestigioso perfumista, fashionista y un gran refinado socialité. Conocido en el mundo internacional de la moda como "Le Plastique" y en los círculos italianos como "Il Artificiale". Muy solicitado por su elegancia y encanto parisino, especialmente cuando logra atraer a los

más económicamente poderosos del mundo a sus desfiles de moda, donde les vendía ropa y prendas a precios exorbitantes, mercancía que compraba a montón por chavo en los bazares más insólitos del mundo. Su escuela de refinamiento está considerada como aquella donde sus alumnos salen como los refinados de los refinados; tan finos, pálidos, famélicos y doblados por la cintura, que mirados de lado parecen ñemosas, arqueadas y amarillosas hojas caídas en otoño. El Doctor Pierre es experto en explotar la vanidad y la soberbia a su favor, reforzando en sus clientes el sentirse como el centro del universo. Su frente de trabajo e influencia lo ha logrado mediante el prestigio y fama de su vacua compañía llamada, D'la Cloac, que tiene como clientes muchas de las personas más adineradas del planeta.

Tengo tiempo solo para tres más antes de que amanezca. De los Estados Unidos encontramos a la única mujer de este grupo, pero no la única, la Doctora Mary Javelitel Lamb, una eminencia en la industria del ocio, con la apariencia inocente de una rolliza e inofensiva niña. Su rostro infantil solo destilaba encanto, pero cuidado, detrás de esa apariencia un tanto obesa y graciosa, se esconde

la maestra de la fantasía. Su habilidad consiste en hacer olvidar a la gente sus dolamas, tristezas, crisis mundiales y situación económica difícil, mientras les enajena de la realidad. Experta en frases tales como, "coge la vida suave", "tranquilo, déjate llevar", "adopta un zombie como mascota", "los vampiros son buenos", "confía, todo lo que sale en las películas y en las telenovelas es cierto" y cosas como esas. Es muy efectiva en hacer lucir las más graves situaciones como fantasiosos cuentos de hadas, o como si la realidad fuera la de los juegos electrónicos. Ella es un ejemplo de cómo hacer que las cosas en apariencia inocentes se conviertan en poderosos instrumentos anestésicos. También, según supe, su fin es lograr llevar la industria del entretenimiento a convertirse un poderoso narcótico para toda la humanidad. Como podrás ver, esta se complementa con el Dr. Mofet D'la Cloac.

Otro de los que pude conocer lo fue el Dr. Jrama Jrota de la India. Autoridad mundial en ecología, matemáticas y recursos naturales. Se ha destacado en minimizar ante la opinión pública, el daño ecológico ocasionado por los derrames de petróleo, los escapes de radioactividad, el daño en la capa de ozono por el uso de carburantes, el derretimiento de las capas polares y de los glaciares por el calentamiento global, la desaparición de los bosques por la tala indebida, la aniquilación de miles de especies de fauna y flora por el quehacer económico mundial, y de la contaminación del aire por la emisión de gases entre otras cosas. Sus teorías son altamente valorizadas por los industriales y desarrolladores en todo el mundo y sus conferencias son especialmente atesoradas en la industria del petróleo. Por ser tan resbaloso, de este no tengo una clara imagen, porque aparte de todo esto, también era un gran maestro del desvanecimiento y la invisibilidad.

Finalmente, el nuestro, el de aquí, el de nosotros, ¿sabes?, me siento puertorriqueño. Me refiero a Guillermo Guisoyó Gonzavilla, mejor conocido dentro de los círculos de la

política internacional como, "Guillo Sweet Hands" aunque también es conocido como "El 4G". Cuando escuché este curioso sobrenombre de 4G, pensé que se debía a las 4 G's con que empiezan su nombre, apodo y apellidos, pero luego me enteré que se lo ganó debido a la velocidad con que se mueve en la red de intrigas politiqueras y en los esquemas fraudulentos. Ese hombre, que a pesar de ser de esta nuestra isla tan pequeña, ha cobrado notoriedad mundial por su manera tan sagaz de atender la prensa y dar generosamente diez respuestas por cada pregunta que le hacen, pero sin contestar la original. Es muy habilidoso en las relaciones públicas. Goza de una fina y moderna apariencia, un tanto esnobista, tú sabes, algo así como la de un joven educado e intelectual, pero la realidad es todo lo contrario. No es tan joven como se ve, ni es tan educado como presume. Parte de su fortuna la ha invertido en manos de su amigo Pierre para lograr su imagen, otra buena parte, en costosísimos tratamientos de rejuvenecimiento y cirugías plásticas. También ha gastado un capital en comprar títulos universitarios fatulos. A pesar de todo esto nadie puede negar su sagacidad e inteligencia natural para la manipulación. Posee un gran historial en legislaciones vanas, en camuflaje a conveniencia y en el atributo de ser invisible cuando hay que desaparecer. También es un viajero gratuito incansable y productor de enormes discursos sin contenido. Por igual se destaca por ser un vigilante acérrimo de sus intereses, mientras reparte del ala para comer de la pechuga. Una de sus grandes destrezas consiste en el arte de llegar con poco y salir con mucho. Entre él y el Dr. Jrama Jrota, aportan el arte de dar información pública a conveniencia.

Alcalde: *¡Diantre, que clase de lista! Si tan siquiera yo tuviera alguno de ellos en mi equipo de trabajo. —* dicho o pensado esto último, al alcalde le pareció notar un sentido de indecisión proveniente del Chupacabras, e inmediatamente se excusó con un...*— Perdón, se me chispoteó, solo quise decir, ¡que terrible equipo!*

Chupacabras: Ignorando el lapso mental del alcalde. *—Y eso que faltan, ya te diré otro día que podamos hablar con más calma. Además, quiero decirte que todos estos donantes fueron cuidadosamente seleccionados por la organización, esperando de ellos que sus trucos* *y habilidades de manipulación estuvieran en ese líder mundial anhelado, ese que pueda meterse la humanidad en un bolsillo.*

Alcalde: — *¡Ese es casi el anticristo, estoy a punto de avergonzarme de ser humano!*

Chupacabras: *Así mismo, casi. Hablando en términos generales tú sabes como es el ser humano y de como se ha dicho que a todo aquello que el hombre desconoce, le teme y lo reverencia, mientras lo explora con curiosidad; para luego, una vez lo descifra y lo domina, entonces explotarlo a necesidad. Pero lo mas triste es que si quedara algo, termina desechándolo una vez le es inservible para sus propósitos y caprichos del momento. Pero déjame decirte que no todos los políticos de Puerto Rico son malos, ni los del mundo; es que aquellos que lo son, realmente siempre buscan salirse con la suya. De igual manera tampoco los otros, quienes, por ser científicos, o personas ricas, o artistas, o religiosos, u originales de cualquier país o nación, por esa sola razón son malos o perversos, recuerda que el hábito no hace al monje. Es que estos individuos en específico, éstos que fueron cuidadosamente escogidos como ya te dije, son personas que siempre han estado buscando lo mismo que los miembros de la organización. Son aquellos que sufren del síndrome del "bolsillo roto", o sea, que nunca se sacian, sea cual fuere su actividad. Además, son personas que tú puedes encontrar en cualquier lugar y en cualquier parte del quehacer humano. Ahora bien, de la misma manera que te he dicho lo anterior, también quiero decirte que las personas nobles y de buen corazón están en todo el espectro de la humanidad por igual. Es más, es muy posible que tengas a alguien así como vecino, o el uno o el otro. Recuerda también que la organización estaba buscando tal tipo de personas,* *gente que usualmente son envidiosos, manipuladores y oportunistas, que poseen un ego gigantesco y que siempre están pretendiendo manifestar su grandeza y capacidades ante los demás; no olvides que el fin de esta organización es dominar al mundo.*

Alcalde: *Diantre, ¿crees que algún día lo lograrán?*

Chupacabras: *Honestamente, espero que no. El solo imaginarse que personas de esta calaña lo puedan hacer, sería como la completación de todos los males, como la culminación de esa antigua torre de Babel mediante la cual sus constructores pretendían alcanzar los cielos y ser como dioses; esa Babel que habita en cada uno de nosotros, pero que, a nivel general, a nivel del total de la humanidad, se ha venido construyendo poco a poco y paso a paso a través de las épocas. Además, por virtud de la propia naturaleza de ellos, de la organización y de los propósitos de la misma, como ya alguien dijera, "llevan en si mismos la semilla de la destrucción".*

Alcalde: *¡Increíble! Pero, ¿como es eso de esa maldad que habita en nosotros? ¿En mí también? ¿Y si está en nosotros, como es que no somos parte de esa organización y como es que no estamos de acuerdo con ella?*

Chupacabras: *Primero es que somos, como dicen ustedes, unos pelaos; hay que tener una gran fortuna para pertenecer a ese club, por eso es que tus vecinos y algunos otros como ellos no pertenecen a la secreta organización. Lo segundo es que debes tener algo de esnob o trasfondo elitista, tales como títulos de nobleza o tradición familiar de alta sociedad. Esta segunda condición, según escuché en lo que resultó ser una tragicómica historia, fue requerida después de la intrusión de un personaje que no* *encajó en el grupo. Pero quizás algún otro día te cuento esta historia de acuerdo a como tuve acceso a ella. Pero sigamos, lo tercero es que algunos de nosotros, por alguna razón, resistimos esa tendencia al egoísmo y a tener un yo gigantesco, ya que de alguna manera siempre esperamos cosas mejores. Cuarto, porque sabemos que dejarse llevar por esos sentimientos nos llevaría a la autodestrucción, y para finalizar, últimamente he descubierto aun otra más poderosa razón, el amor. He visto como ese sentimiento ha sido el motor de hermosos sacrificios entre personas, a veces hasta desconocidas y disímiles entre ellos. He visto y escuchado de hermosos gestos de reconciliación y de perdón entre enemigos, y no me refiero a las historias de algunos asfixiantes culebrones televisivos, más bien me refiero a hechos de la vida real, a conmovedoras historias sacadas del mismo drama humano. Gente dando su vida por otros como lo es la historia del gran amor de Dios por la humanidad, que visitando el escenario humano y limitándose a las capacidades del mismo, ofreció un mensaje de reconciliación y de perdón como ninguno. Mirar dentro de estas cosas son las que me han hecho pensar como lo hago.*

Alcalde: *Cada vez estoy más asombrado de ti y de lo que somos, pero cuéntame de ese que se coló en este grupo tan exclusivo. ¿Qué fue lo que le pasó y por qué es trágica su historia?*

Chupacabras: *Bueno, rápidamente te diré algo. Es la historia de estos individuos simplones, buenagente, amistosos y humildes, que lo son mientras son unos pelaos, pero que en poco tiempo levantan una gran fortuna y que de pronto se ven convertidos en todos unos orgullosos y prepotentes señorones. Pero básicamente el problema no es ese, ya que todos los miembros de la organización encajan* *en lo último descrito. El problema de esta persona fue, que, al no tener alcurnia, ni pedigrí, su comportamiento rayó en lo considerado vulgar, chocante, fuera de sus capacidades y denigrante para la organización. Por demás está decirte que rápidamente terminó su cadáver en un profundo pozo de petróleo. La realidad es que tuvo un fin muy trágico, pero su actitud y su personalidad, fueron descritas por un escritor perteneciente a la organización de manera algo cómico, por eso te dije que su historia era tragicómica. Lo que esa persona escribió lo hallé muy penoso, pero a la vez tan curioso, que me lo memoricé, además, me parece que ya te debes haber dado cuenta de que me gusta la literatura, declamar y escribir poemas. En fin, esto fue lo que de él escribieron:* **"Su proceder es como el de un joven gallo de corral bien alimentado, quien exhibiendo su nuevo y brillante plumaje anda cacareando cargado de energía escarbando aquí y allá gallardamente el suelo, mientras trata de impresionar a todos en el gallinero con las lombrices y gorgojos que ocasionalmente logra descubrir. Toda esta actividad la complementa moviéndose nerviosamente con llamativos pasitos brincados, con su pescuezo lo más estirado posible y paseando su mirada altiva con inquietud, mientras que con cortos y laterales movimientos pendulares de su cabeza trata de mirar a los demás, lo más hacia abajo posible. En esto se constituye su esfuerzo por decirnos que se considera igual a nosotros."**

Alcalde: *Así que, el no ser considerado como "igual", fue su fin. ¡Qué barbaridad! Esto parece un espectáculo de horrores tras errores. ¿Qué, acaso no son lo mejor de la humanidad? o al menos como ellos creen, que son la corona de la torre de Babel. ¡Qué les pasa!*

Chupacabras: (un tanto sorprendido por la simbolización del alcalde)

Bueno, después de todo son solo eso, seres humanos, solo que con pretensiones de supra humanos. Esos, como te dije anteriormente, los encuentras en todos lados, solo que aquí se unieron los más avanzados, los más desarrollados y pudientes. Estos buscan decididamente escalar posiciones de poder en una estructura muy similar a la de la cadena alimenticia del llamado reino animal, solo que, en una estructura virtual construida culturalmente en una simbiosis con otra humana construcción, la sociedad. Parece ser que la especie humana, una vez asegurada sus necesidades básicas de supervivencia, se sumerge dentro de ese mundo simbólico y de significaciones donde existe toda una lucha por el poder y el encumbramiento. Lo triste de esto es, que la gran mayoría de las personas están en desventaja ante individuos como estos. ¡La realidad es que existe tanta gente que siempre están rezagados sin oportunidades de conseguir al menos lo básico para poder vivir! Desgraciadamente siempre ha sido así a lo largo de la historia de toda la humanidad. Inclusive, cada día aumentan más las personas que mueren de hambre en el mundo, cuando en otros lugares se desperdicia y se botan a la basura, toneladas de alimentos.

Aquí el Chupacabras hace una pausa al notar que el alcalde estaba perplejo y parecía no entender, entonces añade: *Me parece entonces que el verdadero y valioso ser humano, no es aquel que se esconde detrás de mecanismos ni de sus pretensiones o posesiones, sino más bien es aquel que se acepta como es y que conoce sus limitaciones. Pero significando, que conocer sus limitaciones no les priva del derecho de utilizar el potencial que tiene para superarse cada día, todo eso sin atropellar y mirar hacia abajo a los demás.*

El Chupacabras hace de nuevo otra pausa y con una gran carga emocional le dice al alcalde: *Es por eso que puedo decirte en estos momentos que te amo y que te veo como mi hermano.*

Esta última y tierna frase del Chupacabras, lejos de sorprender al alcalde, solo le fortaleció en su ser interior. Ya en estos momentos el corazón del alcalde estaba inundado de una increíble sensación de amor y solidaridad por el recién adquirido amigo. Era simplemente demasiado todo lo que esta humilde criatura, producto, y simultáneamente víctima de la maldad el ser humano, había tenido que sufrir. De pronto ya no pudo contenerse más, y por medio de un salto agilísimo que sorprendió hasta el mismo Chupacabras, estos dos seres se vieron envueltos en el más extraño abrazo que jamás haya ocurrido en el planeta tierra. Ambos llorando en esos momentos descubrieron que solo el amor es capaz de romper con las barreras que erige el miedo. Pronto se dieron cuenta que había sucedido lo impensable, el "fuerte" cedió y el "débil" se creció; que ambos, atraídos el uno por el otro, pudieron superar sus temores y se fundieron en un limpio y cordial abrazo de igualdad y hermandad, derrumbando sus propias barreras defensivas. Fue en ese momento que cada uno pudo realizar, que sus fortalezas no eran, sino debilidades disimuladas. También, sin palabras, supieron que estaban allí para ayudar, cada uno al otro a superar sus particulares debilidades.

El alcalde en estos momentos ya no aguantaba más y algo que le estaba molestando sale de lo más íntimo de su ser y con mucha emoción le dice:

Alcalde: *"¿Cómo es posible que un ser tan bondadoso y tan noble tú le llamen tan despectivamente?, ¡y que Chupacabras!".* Entonces, mirándose ambos con los ojos llenos de lagrimas y con el respeto que nace de la admiración, el alcalde le pregunta; *¿Te puedo llamar Chupito, o mejor, Pito?* (como un diminutivo cariñoso) *A la verdad que no me gusta como te llama el populacho y la prensa, tú no eres ningún Chupacabras. ¡Ellos son los Chupacabras, esos son unos Chupahombres, esa gente perversa y egoísta que desde siempre han querido quedarse con todo; y que, si se lo reparten entre ellos, lo hacen de mala gana, ¡porque no le queda más remedio!¡Simplemente lo hacen porque se temen los unos a los otros, por pura hipocresía, y ellos lo saben!*

...pito: (Igualmente emocionado): *Y yo... ¿te puedo llamar...mito?* Pregunta esta que fue simplemente una formalidad, porque ya ambos sabían que se habían hermanado para siempre.

...mito: (Agradado con la petición de ...pito): *Yo soy tu hermanito del alma ahora, me puedes llamar así en toda confianza. ¿Que quieres que haga por ti inmediatamente?*

...pito: *Creo que te has dado cuenta que he desarrollado un gusto especial por las cabras, aunque mi dieta puede incluir hierbas y plantas por causa de mi parte reptiliana, no obstante, mi parte animal y humana me pide una dieta más variada. Es así que me he chupado desde gansos y otras aves de corral, hasta perros. Pero tengo un gusto especial por las cabras, sabes, creo que es parte de mi humana debilidad. El problema es que cada vez se me hace más difícil y más arriesgado. Ya la gente está más alerta y me están velando, recuerdo que en una ocasión un sargento de la policía, en un pueblo que no es el tuyo, por poco me dispara con su arma de fuego, no tienes idea del susto que pasé. Así que me gustaría, de ser posible, chuparme por lo menos una cabrita a la semana.*

...**mito:** *Ahora que hablas de la posibilidad de ser muerto, y como me dijistes también que tu eliminación era la esperanza de los miembros de esa tenebrosa organización, ¿no tienes miedo a morir por la obsesión de los hombres que destruyen todo lo que les atemoriza, como me has dicho?*

...**pito:** *Al principio te confieso que sí, pero luego, poco a poco, en un proceso al que ustedes llaman madurez, más que ser impresionado por la muerte, lo estoy por la vida. He descubierto que solo la vida nos puede regalar la exuberancia y la magnificencia; que solo la vida te da la belleza de una flor, que hoy es y mañana no es; pero que, en su monumental manifestación, mañana te regala otra más bella, que ayer no fue. Realmente estoy impresionado por ese don que llamamos vida y que yo accidentalmente hoy disfruto.*

...**mito:** *¡Wow! de verdad que sí. Pues en lo que esté a mi alcance tus temores llegaron a su fin, y me comprometo contigo a proveerte, no una, sino dos tiernas cabritas por semana. Desde ahora en adelante me convertiré en un criador de cabras en la finquita que tengo en el barrio Cubuy. Ya no tendrás que pasar más sustos.*

...**pito:** *Sabes que te estaré agradecido por toda mi vida. Ahora, dime, ¿qué quieres que haga por ti?*

...**mito:** (Con un poco de timidez): *Ya que fuiste tú el que me eligió, quiero saber que esperas de mí. Tú que me conoces tan bien, ¿qué piensas sobre lo que yo sea capaz de lograr? ¿Qué me quieres ver hacer?*

...**pito:** *Creo que eso te corresponde a ti, lo que quieras realizar contigo es todo un asunto personal que pertenece* *a tu sola potestad, yo solo lo que quiero, y puedo hacer, es ayudarte a lograrlo.* Pero contestando tu pregunta, yo no quiero verte hacer, quiero verte ser; o sea, no quiero que hagas, sino que seas; porque, al fin y al cabo, por lo que eres, haces.

En ese momento el alcalde se inclina hacia ...pito, en un acto puramente instintivo al secretear; y le susurra algo en lo que pensó era su oído. Lo interesante es que en el sueño dentro del otro sueño no pudo precisar lo que le dijo.

...pito: *Ya me lo imaginaba, recuerda que yo he estudiado tu registro de ondas celebrales y tenía una profunda sospecha de tus ambiciones. Por eso te proyecté el sueño de la ceremonia indígena. Ufff, que trabajo me dio esa noche poder hacerlo. Tú estabas tan emocionado en las Vegas y tan decepcionado a la vez por lo del Robot; además de que tuve que volar a donde ti, en una ciudad llena de gente que no duerme; a la verdad que fue bien duro. Menos mal que la gente de allí está tan acostumbrada a ver los "shows" y espectáculos, que algunos que me vieron pensaron que yo era parte de los mismos.* Entonces, ...pito, haciendo una pausa y con un largo lo que pareciera ser un suspiro, le dice: *¡Bueno, bueno, que más da; después de todo solo somos seres humanos! Mira, esto es lo que vamos a hacer para logralo, primero...*

Varios días después, de mañana, al alcalde llegar a su oficina:

Yeya: *Alcalde, aquí le dejaron una bolsa sellada con los huevos podridos que le pidió al Compay. ¿Pa' que rayos tú quieres esto?*

Este es el fin del último de los cinco sueños reveladores y así fue como se sucedieron los hechos. De esta manera comenzó el camino a la fortaleza de este "humilde" hombre y "sencillo" alcalde de pueblo pequeño. Un ser humano común, un ser humano como tú y como yo. Un incomprendido (al igual que todos nosotros) que trata de comprenderse a sí mismo, mientras trata de entender al otro. Un ser humano como tú y como yo..., viviendo para sobrevivir, para prevalecer, para empoderarse de su pequeño y particular mundo de significaciones. Un ser humano, que afectando de esta manera al mundo de los otros y a ese gran mundo que nos reúne a todos, se conecta con todos y con todo, en una indetenible y continua sinapsis.

Y este es el fin de esta historia, ¿o... acaso es la historia de la humanidad? ¿O... la de nosotros mismos? O tal vez, ¿no solo será el principio de todo lo anterior? ¿O será de un nuevo ciclo que comienza, o simplemente una continuación de lo anterior? Veremos...